Viaje a la tierra del abuelo

Mario Bencastro

PIÑATA
BOOKS

PIÑATA BOOKS
ARTE PÚBLICO PRESS
HOUSTON, TEXAS

Esta edición ha sido subvencionada por la Ciudad de Houston por medio del Consejo Cultural de Arte de Houston, Harris County y el Fondo Nacional para las Artes (una agencia federal).

¡Los libros piñata están llenos de sorpresas!

Arte Público Press
University of Houston
452 Cullen Performance Hall
Houston, Texas 77204-2004

Arte de la portada por David Rosales.
Diseño de la portada por Eclipse Design Group.

Bencastro, Mario.
    Viaje a la tierra del abuelo / por Mario Bencastro
        p.   cm.
    Summary: Sixteen-year-old Sergio, struggling to honor his grandfather's wish to be buried in El Salvador, undertakes a journey filled with unexpected disasters, triumphs, and the memory of his beloved Abuelo.
    ISBN 1-55885-404-5 (trade pbk. : alk. paper)
    [1. Hispanic Americans—Fiction. 2. Family life—California—Los Angeles—Fiction. 3. Self-perception—Fiction. 4. Grandfathers—Fiction. 5. Voyages and travels—Fiction. 6. Los Angeles (Calif.)—Fiction. 7. El Salvador—Fiction. 8. Spanish language materials.] I. Title.
    PZ73.B39179   2004
    [Fic]—dc22   2004044312
                                                            CIP

4 5 6 7 8 9 0 1 2 3   10 9 8 7 6 5 4 3 2 1

A Sergio Raúl Magaña,
en memoria.
A Sergio Benjamín Castro,
sobreviviente de dos mundos.

Agradecimientos

Mis más sinceros agradecimientos a todas las personas que con sus ideas y entusiasmo ayudaron a la elaboración de esta obra, en especial al grupo selecto de alumnos y ex-alumnos de la escuela Belmont High de Los Ángeles, California, y de estudiantes de OnRamp Arts, que participaron activamente para que su voz fuera parte de esta novela.

1

Hace una semana enterramos al abuelo. El viejo recién había cumplido los ochenta años. Nos dijeron que murió de un ataque al corazón, pero en nuestra casa nadie estaba seguro de la verdadera causa. Lo cierto es que una mañana que el abuelo no vino a tomar el desayuno, mi madre fue a su cuarto y lo encontró dormido. Lo sacudió con fuerza, y al no lograr despertarlo, empezó a gritar de forma desesperada. Llamamos a la ambulancia. El vehículo vino a casa metiendo ruido en el vecindario con la sirena de emergencia. Subieron al abuelo en una camilla, y también con mucha bulla se lo llevaron al hospital. Minutos después, una doctora con rostro trasnochado nos dijo con frialdad:

—Tiene varias horas de haber muerto.

Entonces mis padres contrataron una casa funeraria para que recogiera el cuerpo y lo preparara para el entierro.

El velorio fue simple y corto. En un cuarto pequeño y a media luz pusieron el ataúd que mostraba el cuerpo inmóvil. El abuelo parecía haber engordado después de muerto, su cara estaba un poco más rellena y sonreía. Una pareja de conocidos vino a darnos su pésame. Ambos observaron con curiosidad al difunto por un minuto. La mujer se limpió una lágrima, el hombre se rascó la cabeza calva, y luego se marcharon. La verdad es que no asistió nadie más. Nuestros pocos amigos son personas trabajadoras que aprovechan la noche para hacer trabajos extras, pues es la única manera de sobrevivir en este país donde la vida es cara, aunque, a decir verdad, a veces la gente como que se enamora del trabajo y labora como burro de carga aunque no lo necesite. Es que así se ha construido esta nación, a puro trabajo. Yo mismo, a pesar de que asisto a la escuela, estoy obligado a trabajar por la noche con mi padre limpiando oficinas para ayudar en los gastos de la casa.

El abuelo era solitario y de pocos amigos. Él gustaba decir que era mejor estar solo que mal acompañado.

Mis padres y yo permanecimos en la casa funeraria en silencio, meditando y dormitando en aquel cuarto ocupado por tres vivos y un muerto, esperando que alguien más viniera a darnos el pésame, pero nadie más vino.

En la próxima sala había otro velorio, pero allí el ambiente era diferente, como si se alegraran de la suerte del fallecido. Se escuchaba a alguien cantar y después el fuerte llanto de una mujer. Un hombre dijo unas palabras para honrar al muerto. Luego se oyó más canto que se mezclaba con llanto y formaba un bullicio confuso. La directora de la casa funeraria se les acercó a mis padres.

—Dispensen el ruido, pero estas personas así han decidido despedir a su muerto —les dijo—. Yo no pongo restricciones a nadie. Cada cual que le diga adiós a su difunto como mejor le parezca.

—Parece fiesta y no velorio —dijo mi padre, más sorprendido que molesto.

—Eso no es nada —afirmó la directora—. Ayer precisamente hubo un velorio que parecía baile de pueblo.

Trajeron guitarras, tambores y timbales, las paredes retumbaban al ritmo de lo que parecía una competencia de congas. Vino la policía y me preguntó que si yo había convertido esto en un *nightclub*. ¡Imagínense!

Se escucharon fuertes gritos y lamentos, y la directora se alejó con el rostro marcado por la preocupación, pero no sin antes decirle a mi padre:

—Espero que sea de su agrado la apariencia de su difunto.

—Como que ha engordado —dijo mi madre.

—Es que el pobre era tan delgado que parecía un esqueleto. Me dio lástima y lo rellené un poco —dijo la directora—. Ahora parece un muerto saludable.

Todo aquello no dejó de causarme cierta risa, la que tuve que ocultar por temor a que mis padres me acusaran de faltarle el respeto al abuelo. Yo sabía que él entendería mi buen humor, porque él fue medio chistoso, yo diría que bastante chistoso, y le agradaba buscarle el lado cómico a las cosas. Siempre le encantaron los refranes y los dichos populares porque, según él, reflejaban la creatividad y el buen humor del pueblo. El abuelo también fue locuaz, algo que aprendí de él, más bien, algo que él me obligó a aprender, pues desde el primer momento en que puso pie en los Estados Unidos notó que mi español era malo, malísimo.

—Hablabas mejor cuando tenías seis años, y ahora que sos un adolescente hablás mitad español y mitad inglés —me había dicho.

Yo me avergoncé, pero él me dijo que no me preocupara. Se le metió entre ceja y ceja que me enseñaría a hablar y a escribir español correctamente, a cambio de que yo le enseñara inglés. Hicimos un pacto de caballeros y nos enseñamos el uno al otro. Creo que el beneficiado fui yo, porque él tomó la enseñanza muy en serio. Y como los buenos maestros son malos alumnos, yo no pude enseñarle mucho. Fueron tantas las cosas que aprendí del abuelo.

En la casa funeraria estuvimos sólo una hora. No había tiempo para más, según mi padre, pues teníamos que regresar al trabajo.

Al día siguiente enterramos al abuelo sin mucha ceremonia en un cementerio de la ciudad. Después mis padres regresaron a su empleo y yo a la escuela. O sea que despedimos al abuelo exactamente como en general se hacen las cosas en este país, de modo simple y rápido.

Me pregunto qué diría él ahora por la forma en que lo velamos y lo enterramos. Pienso en esto porque recuerdo que, justo unos días antes de morir, el abuelo me había comentado sobre el velorio de su abuelo, velorio que a mí me pareció más bien una fiesta.

—Allá hasta para enterrar a los muertos la gente tiene gusto —decía como movido por un presentimiento—. No como aquí que todo lo hacen con frialdad.

Me daba no sé qué decirlo, pero el abuelo tenía la razón.

2

La muerte del abuelo nos había tomado por sorpresa. Todo sucedió tan de improviso que ni siquiera tuvimos tiempo de pensar y hacer las cosas como él hubiera querido.

—Yo quiero morir en mi tierra —recuerdo que él decía—. Pero si por designios del destino muero aquí, les pido que me entierren allá.

Ése fue su mayor deseo. Sin embargo, la realidad había sido otra.

—Siempre estaba por regresar a su país pero, por una razón u otra, el tiempo pasaba y él nunca lo hacía —dijo mi padre.

—Sólo venía a visitarnos por dos semanas —afirmó mi madre—, pero le conseguimos un trabajo y se fue quedando.

—Se encariñó mucho con vos —dijo mi padre—. Y como eras su único nieto, te veía como a su hijo adorado.

—Es que vos y él se parecían tanto —dijo mi madre—. Él veía en vos algo de su propia adolescencia.

Así pasaron dos, tres, cinco años y nunca regresó. Quizá porque también allá le quedaban pocos amigos. Su familia y amigos iban muriendo con el tiempo.

—Cuando le llegaba la noticia de que alguien había muerto, decía que pronto le llegaría a él su turno y que, por

5

lo tanto, debía volver. Pero nunca lo hacía —aseguró mi madre.

—Es que vamos echando raíces en esta tierra —comentó mi padre—, y aunque uno no lo quiera se va quedando. Nosotros, por ejemplo, sólo veníamos a trabajar por un tiempo, a hacer un poco de dinero y regresar a nuestro país a poner un negocio. Pero ya llevamos muchos años aquí, ya nos acostumbramos a esta vida, y así ya no es tan fácil retornar.

—Es que no es cosa de arreglar las valijas e irse —dijo mi madre.

Eso es muy cierto. Yo vine a este país a la edad de seis años. Ahora que tengo dieciséis, ya me acostumbré a él, y no sé si podría regresar a mi tierra de origen.

3

Me imaginaba que la tierra del abuelo era maravillosa porque el viejo siempre habló grandezas que a mí me parecían fantasías. Hablaba con tanto fervor que a veces pensaba que exageraba.

Todo el dinero que ganaba lo ahorraba. Había planeado algún día construirse un rancho a la orilla del mar. Ése había sido su sueño.

—No quiero un palacio —me decía—, sino una casita simple en la playa para ver el mar todos los días antes de morirme.

No sé qué destino tuvo aquella casa. La verdad es que el abuelo murió en la oscuridad, en un cuarto de una casa en medio de la ciudad de Los Ángeles, y no en la luz de una playa en su tierra querida.

—Algún día tenés que conocer esa encantadora tierra —me decía el abuelo, mostrándome tarjetas postales y fotografías de lugares exóticos.

Yo nunca entendí por qué él no se fue de regreso. Yo siempre le insistía:

—Abuelo, si tantos deseos tenés de estar allá, ¿por qué no vas aunque sea de visita por unas semanas?

Él decía que pronto lo haría, pero, como siempre, sólo eran palabras. Al fin, un día, porque le insistimos tanto, fue a su país. Pero dos semanas después ya estaba de vuelta.

Parecía haber envejecido más, como si el viaje no le hubiera caído tan bien como nosotros esperábamos. Días más tarde, me confesó algo muy triste:

—Yo quiero volver a mi tierra, pero lo cierto es que toda mi familia está muerta, incluso tu abuela. La única familia cercana que me queda ahora son ustedes.

Entonces comprendí que el viejo no retornaba porque no quería sentirse solo, y desde entonces no le insistí más. Desde esa vez nos hicimos muy buenos amigos. Él me contaba anécdotas de su vida en su tierra, y yo mis problemas de la escuela y cosas de la vida diaria.

A veces salíamos a pescar los domingos. Nos levantábamos temprano, preparábamos cañas de pescar, anzuelos, carnadas y comida para nosotros. Íbamos al lago en Echo Park, alquilábamos una lancha, la cargábamos y remábamos hacia los lugares donde saltaban los peces. Allí permanecíamos todo el día.

El abuelo era un zorro para la pesca. Sabía qué carnada se usaba para cada clase de pez. Hacíamos apuestas para ver quién pescaba más y él siempre ganaba. A veces se dejaba ganar para que yo no perdiera el entusiasmo. Él sabía que yo me daba cuenta de lo que él hacía. Pero éramos buenos amigos, y entre amigos todo se comprende.

En este país es bastante difícil hacerse de buenos amigos. Todo el mundo siempre anda muy ocupado en algo y no hace tiempo para cultivar la amistad. Mi padre, como todos, siempre está ocupado. Nunca hemos salido a pasear. Las veces que sí salimos a hacer mandados solos él y yo, nos invade un profundo silencio como si no tuviéramos nada que decir, a pesar de que yo sé que tenemos mucho de qué hablar, pues él es mi padre y yo, su hijo. Cuánto yo quisiera que él me hablara de nuestros antepasados y de la cultura de la tierra donde nacimos, pero él nunca tiene tiempo porque siempre está trabajando.

Por eso nos hicimos tan buenos amigos mi abuelo y yo. Yo le hacía compañía a pesar de que muchas veces yo hubiera preferido ir a jugar con mis compañeros de escuela. Pero el viejo tenía cierta atracción para mí, tal vez porque, al fin y al cabo, éramos de la misma sangre.

A veces pienso que cuando yo envejezca me voy a parecer a él. Y sé que entonces el viejo estará muy orgulloso de mí.

El hecho de que el abuelo siempre quiso retornar a su país aunque fuera muerto me preocupaba. Siempre que se lo comentaba a mis padres, ellos evadían el tema, prefiriendo hablar de otras cosas, según ellos más importantes, durante el poco tiempo libre que compartíamos.

—En ese cementerio está en paz —decía mi padre.

—Pero él siempre quiso ser enterrado en su tierra —contestaba yo.

—¡Bah! Una vez sepultado la tierra es la misma —decía mi madre.

Parecía que nunca llegaría a convencerlos del deber que teníamos de satisfacer los deseos del abuelo, los que para mí eran sagrados. Pensé que si en vida yo no pude hacer nada porque regresara, ahora que estaba muerto yo tenía que hacer algo. La pregunta era: ¿Qué hacer? Era obvio que mis padres no estaban interesados en el asunto. Yo era el único en mi familia que pensaba en eso. Acaso, desde su tumba, también lo pensaba el abuelo.

4

Se me ocurrió hablar con la trabajadora social de la escuela, una mujer que me inspiraba simpatía y confianza, aunque ciertos alumnos creían que sus consejos no servían de nada a nadie. Algo que aprendí del abuelo fue el respeto a las personas mayores, sobre todo a los maestros.

—Son los forjadores de los ciudadanos del futuro —decía él—. No entiendo por qué en este país que se considera avanzado, al maestro no se le trata como merece.

La mujer me escuchó con mucha paciencia, y comentó:

—Se ve que querías mucho a tu abuelo.

—Sí, a veces pienso que le tenía más cariño y admiración a él que a mis padres.

Mis palabras no la sorprendieron.

—Te comprendo porque yo también quise mucho a mis abuelos —dijo.

Luego agregó:

—Conozco a tus padres y son buenas personas.

—Estoy de acuerdo —dije—. Pero creo que les preocupa mucho el dinero. Trabajan demasiado para comprar tantas cosas que no necesitan.

—Es cosa común —dijo—. Sobre todo para los inmigrantes que en su país han sido muy pobres. Llegan aquí y se deslumbran con la abundancia y la facilidad con que se adquieren aquí las cosas materiales.

—Mi abuelo gustaba decir que el que no tiene y llega a tener, loco de gozo se puede volver.

—Tu abuelo era muy ocurrente —sonrió.

—Ocurrente y chistoso.

Le pregunté si tenía alguna idea de cómo resolver mi problema.

—No es cosa fácil —dijo— y, además, cuesta mucho dinero.

—Pero éste es el país del dinero.

—Quizá lo sea. Pero igual, cuesta conseguirlo. El dinero aquí no crece en los árboles como creen en otras partes del mundo. De todas maneras, averiguaré qué trámites hay que hacer y cuánto cuesta el envío de tu difunto abuelo a su país. Cuando averigüe todo eso te lo comunicaré. Ahora puedes regresar a tu clase.

—Le agradeceré todo lo que pueda hacer.

—No te preocupes, para eso estoy aquí. Puedes confiar en mí —me aseguró.

—Gracias.

La mirada y la sonrisa de aquella mujer tenían cierto velo de tristeza, tal vez nostalgia por algo perdido o añorado. ¿Cuál sería la razón de su tristeza? A lo mejor no era nada, sólo pura imaginación mía. Eso era lo que a veces me decía el abuelo, que yo tenía mucha imaginación y que no desperdiciara ese don de Dios.

El abuelo me daba muchos consejos. Y ahora que había muerto lo extrañaba mucho, y nada ni nadie jamás podría reemplazarlo. Cuando pienso en él siento mucha tristeza, y desamparo, pero también siento una extraña alegría, y eso me consuela.

El abuelo decía que el abandono en que vivían muchos

jóvenes en este país los empujaba a la vagancia, a las drogas y a la violencia. Siempre me aconsejó ocupar mi mente en algo positivo.

—El ocio es la madre de los vicios —decía.

Me lo dijo tantas veces que se me quedó bien grabado en el cerebro. Yo nunca haría nada malo a nadie, porque eso sería insultar la memoria del abuelo.

—Lo más fácil son los vicios y hacer el mal —decía.

Yo le respondía que tenía la razón porque en la calle era muy fácil meterse en problemas. Allí estaban las drogas, las pandillas y las armas. También había muchachas que sólo les interesaba pasar un buen rato, que no les importaba quedar embarazadas a los quince o dieciséis años porque no pensaban en el futuro. Todo eso discutíamos el abuelo y yo.

5

Yo estudiaba en la escuela Belmont High, la cual estaba situada como a una milla de los imponentes rascacielos del centro de la ciudad de Los Ángeles. Fue construida en 1923, y para mí era verdaderamente asombroso que en un edificio tan viejo como aquél estudiaran más de cuatro mil quinientos alumnos.

La escuela no lucía tan mal, si se tomaba en cuenta que había otras peores. En general, su apariencia era limpia. No era elegante, pero tampoco se estaba cayendo. Era posible que para los que nunca habían entrado en el edificio, éste no tuviera un aspecto muy agradable, sin embargo, para mí era como mi casa. Se decía que Belmont High no tenía tan buena reputación por su localidad, pero cuando uno llegaba a conocerla se daba cuenta de que era una buena escuela. Belmont High para mí representaba el pasado y el presente. El primer edificio, o lo que había quedado de él, lo que llamaban el ala oeste, era el pasado. El presente lo representaban las partes construidas después, por ejemplo el edificio principal y el ala norte. Todo esto relataba la historia de la escuela. Lástima que las paredes siempre mostraban marcas de graffiti, pero uno aprendía a vivir entre esas manchas, a tolerarlas, porque no había otra alternativa.

Mi escuela era un verdadero "Melting Pot". La mayoría de estudiantes eran latinos, chinos, coreanos, afroamericanos y filipinos. Ofrecía programas que ayudaban al joven inmigrante a prepararse para la vida, y a integrarse a la nueva cultura. Aunque allí había más estudiantes de las minorías, había armonía entre todos, lo cual ayudaba a resolver los problemas que a veces sucedían entre los alumnos, sobre todo debido a las diferencias culturales.

Los baños estaban siempre sucios y casi nunca funcionaban. Olían mal. No tenían papel higiénico, jabón, ni toallas de papel para limpiarse las manos. Todo allí estaba en terribles condiciones, y realmente se necesitaban nuevos lavatorios. Las paredes estaban llenas de graffiti. Esos baños eran una verdadera pesadilla.

Los salones de clase no daban abasto para tantos alumnos. Uno se sentía amontonado. Las paredes se estaban pelando y los pizarrones estaban permanentemente sucios. Sin embargo, en esos salones aprendí mucho. Descubrí que el mundo era enorme, que el ser humano era inteligente, y que cada uno de nosotros tenía potencial para hacer cosas grandes en la vida.

Nunca iba a la cafetería porque se llenaba demasiado, pero mis amigos decían que la comida no era mala, y que la gente que atendía era agradable. A mí me parecía que era una cafetería de escuela primaria. La mayoría de los estudiantes solamente iban y recogían la comida. Yo traía mi propio almuerzo porque la fila para entrar a comer era demasiado larga.

En la escuela yo casi nunca me sentí en peligro. Algunas veces sentí miedo de ir a la escuela por tantos problemas mundiales, y pensaba que algún día podía venir un terrorista a explotar una bomba en la escuela. Pero realmente me sentía seguro porque todo el tiempo tenía compañeros a mi alrededor, y, además, había vigilantes y cámaras en la entrada principal para detectar quién entraba y quién salía. Algunas muchachas decían que sentían miedo cuando se encontraban a solas en los baños del tercer y cuarto piso, pero lo bueno era que habían aumentado el número de policías, y empleado más personal de seguridad. Así que yo nunca me sentí amenazado. A veces temía que en la escuela algunos pandilleros empezaran a dispararse entre ellos, pero gracias a Dios nunca sucedía nada de eso.

6

Como de costumbre, esa noche mis padres y yo habíamos regresado a casa cerca de la medianoche. Estábamos bastante cansados. Hubo mucho oficio y fue necesario limpiar a conciencia las oficinas del edificio, pues se habían quejado de que no hacíamos bien el trabajo y corríamos el riesgo de perder el contrato. Entre mi madre, mi padre y yo limpiábamos un edificio entero. Era demasiado trabajo para tres personas, pero mis padres se negaban a buscar ayuda para no tener que compartir el dinero. Dinero que gastaban en cosas a veces innecesarias. Mi madre siempre se quejaba del dolor de espalda y mi padre del constante cansancio.

Una de las razones por las que trabajaban tanto era porque querían comprar una casa en su tierra natal para pasar sus años de vejez en ella. Para mí era una idea absurda porque según yo, era preferible que compraran una casa aquí para vivir cómodamente e invertir mejor su dinero. Pero ellos no lo veían así, y ésa era una de las contradicciones que existían entre mis padres y yo.

A mí el trabajo de la noche me impedía hacer las tareas escolares, por lo que mis maestros me consideraban un estudiante mediocre; no obstante, según el abuelo, yo era muy inteligente y tenía una gran imaginación.

A mis padres los habían citado a la escuela varias veces

para discutir mis malas calificaciones y ver qué podían hacer ellos para que yo las mejorara. Pero como ellos nunca asistían a las citas, los dejaron de llamar. Me imagino que los profesores pensaron que si mis padres no cooperaban, ellos no podían hacer nada más.

A veces me sentía tan cansado que me dormía en la clase y los otros estudiantes se burlaban de mí. Pero yo sabía que no era tan mal estudiante como todos creían. Estaba seguro de eso porque el abuelo me lo había dicho muchas veces.

Antes de acostarnos, aproveché la oportunidad para preguntarles a mis padres si habían pensado en el abuelo.

—Dejá a tu abuelo en paz —dijo mi padre—. El viejo está enterrado y me imagino que se encuentra muy a gusto a varios metros bajo tierra.

—Yo creo que no —me aventuré a decir—, porque él deseaba ser enterrado en su país de origen.

—Vamos, muchacho. Olvidá ese tema —dijo mi madre—. Mejor preocupate por tus estudios. Mirá que tus notas están más bajas que de costumbre. Me han citado tres veces a la escuela. Tendré que perder un par de horas de trabajo sólo para ir a escuchar las quejas de tu maestro.

Quise responderle que mis bajas calificaciones se debían al simple hecho de no tener tiempo suficiente para hacer mis tareas escolares, porque todas las noches tenía que trabajar. Pero ellos lo sabían muy bien. Preferí insistir en el tema del abuelo:

—Creo que el abuelo descansaría en paz si mandáramos sus restos a su tierra natal.

A lo que mi padre contestó:

—El que necesita descansar en paz esta noche soy yo.

Estoy que me caigo del sueño. Debo levantarme temprano para ir a trabajar. Andá a dormirte porque vos también tenés que levantarte temprano para ir a la escuela.

—Además, ya gastamos mucho dinero en el entierro —agregó mi madre—. No tenemos más para el desentierro, el costo del viaje y el nuevo entierro. Somos pobres, no tenemos dinero para malgastar.

—Exacto —apoyó mi padre—. Sólo los ricos se pueden dar el lujo de enterrar a sus muertos dos veces.

Me fui a dormir convencido de que mis padres estaban dispuestos a no gastar un centavo más en el abuelo. Tendría que ser yo el único responsable de que él regresara a su patria. Yo se lo había prometido en vida y no podía faltar a mi palabra de honor, ese honor que el abuelo había inculcado en mí.

7

El día siguiente me sentía más cansado que de costumbre, y sin que me diera cuenta me quedé dormido sobre el pupitre en clase. El profesor me despertó bastante enojado, y su enojo fue mayor cuando me pidió la tarea y le dije que no la había hecho. Los otros alumnos soltaron fuertes carcajadas, las que frustraron aún más al profesor, quien me ordenó que saliera de la clase, y me llevó al cuarto de los castigados.

—Aquí está otro haragán —le dijo a la supervisora, y se marchó.

La mujer abrió la puerta.

—Pasa —me dijo—. Toma asiento y haz la tarea en silencio —y cerró la puerta tras de mí.

En el salón se encontraban una muchacha y un pandillero. La muchacha leía en silencio. El pandillero caminaba por el salón como gato encerrado. La puerta se abrió de nuevo y entró Silvia, una alumna también de mi clase.

—¡Me castigaron otra vez! —dijo—. ¿Qué culpa tengo yo que no me quede tiempo para hacer la tarea?

—También yo estoy castigada —dijo la muchacha.

—¿Y tú por qué?

—Por lo mismo.

—¿Y por qué no tienes tiempo para hacer tus tareas? —le preguntó Silvia.

—Es que en la noche trabajo en un restaurante y cuando llego a la casa, lo único que quiero es dormir, pues debo levantarme de madrugada a echar tortillas —contestó la muchacha.

—¿Echar tortillas?

—Mi padre come tortillas todos los días. Y las quiere frescas. Así que yo las tengo que cocinar.

El pandillero no paraba de caminar por el salón y observaba a las alumnas en silencio. Yo estaba sentado en un pupitre a corta distancia de ellas.

—Yo debo cuidar a mis hermanitos, hacer la comida, lavar la ropa y limpiar la casa —dijo Silvia—. Los niños se duermen tarde y debo esperar a que mi padre regrese del trabajo para servirle la cena.

—Con todo el trabajo que yo tengo, ni tiempo me queda para pensar en hacer mis tareas —dijo la muchacha.

—¿Le has explicado eso a la maestra? —le preguntó Silvia.

—Lo intenté una vez, pero no me creyó. Dijo que yo era una mentirosa y una haragana.

—¿Y por qué tenés que trabajar? ¿No es suficiente que trabajen tus padres? —le pregunté a la muchacha.

—Es que debo ayudar en los gastos de la casa, porque no nos alcanza con el salario de mis padres —me dijo—. Ellos trabajan de cualquier cosa porque no tienen documentos de residencia legal, y siempre estamos cortos de dinero.

—¡Dinero, dinero, dinero! —dijo el pandillero—. A

todo el mundo lo vuelve loco el dinero.

Silvia me preguntó:

—¿Qué pasó contigo? ¿Te dormiste otra vez?

—Sí, y no hice la tarea. . . . Yo ayudo a mis padres en la limpieza de oficinas, y cuando regresamos a casa a la medianoche ya estoy muy cansado para hacer la tarea.

—¿Y por qué trabaja tanto tu familia? —me preguntó la muchacha.

—Porque mis padres se comprometieron a limpiar un edificio de oficinas entero. Y ellos no emplean a nadie más para que les ayuden porque quieren quedarse con todo el dinero.

—Yo no estudio porque en la escuela nos enseñan mucha basura que no nos sirve para nada —dijo el pandillero.

—Pero es muy importante estudiar —dijo Silvia—. Si no estudias no progresas.

—Ya quisiera yo que en la escuela me enseñaran cosas que a mí me interesan —agregó el pandillero.

—¿Como qué?

—Quién soy, qué hacemos en este país . . .

—Eso sería bueno —dije yo—, porque nuestros padres no tienen tiempo para explicarnos eso, o no nos quieren escuchar.

—Deberíamos estudiar la historia de nuestra gente.

—Yo, por ejemplo, no sé ni de dónde soy —dije—. No sé si soy de aquí o soy de allá. Si soy latino o si soy gringo.

—Yo sólo me siento aceptado en las pandillas.

—Pero unirse a las pandillas tampoco es la solución —dijo la muchacha—. A mi hermano lo deportaron por pandillero.

—Yo bien quisiera estudiar, pero tiempo es lo que menos tengo —dijo Silvia.

—Tampoco yo —dijo la muchacha—. Vengo tan cansada que me duermo en clase. La maestra se enoja, pero yo no sé qué hacer.

—Y vos, ¿por qué estás castigado? —le pregunté al pandillero.

—Porque no estudio, vato, ¿por qué va a ser?

Silvia le preguntó:

—¿Y por qué no estudias?

—¡Porque no me ronca la gana! No me gusta que me digan lo que tengo que hacer. No soy un niño. Siempre me están diciendo haz esto, haz aquello, vístete así, no camines así, habla así, esto sí, esto no. ¡Me tratan como si fuera un estúpido!

—¿Y tú, por qué lo tienes que hacer todo en tu casa? —le preguntó la muchacha a Silvia—. ¿No tienes madre?

—Yo soy como la madre en mi casa —dijo Silvia.

—¿Cómo es eso? ¿Por qué?

—Hey, ¿qué te pasa? Déjala tranquila —dijo el pandillero—. Ella tiene derecho a su privacidad. Tú preguntas mucho.

—No, está bien —asintió Silvia.

—Hey, tu vida es tu vida. No se la tienes que contar a nadie si no quieres, ¿okay?

—No tengo ningún problema en contar mi vida —aseguró Silvia—. Total, nadie me pregunta nada. A nadie le importa mi vida. Por eso me siento tan sola, tan abandonada.

—¿Qué le pasó a tu madre? ¿Murió? —preguntó la muchacha.

—Hey, no seas necia, ¡déjala en paz!

—Vamos, por favor, tranquilo —le pedí al pandillero—. Si Silvia quiere hablar es cosa de ella. Nadie la está forzando.

—La verdad es que . . . mi madre se fue con otro hombre . . . —dijo Silvia—. Y ahora yo cuido a mis hermanitos y hago todo en la casa . . .

—¿Tu madre se enamoró de otro hombre? Vaya, eso es cosa seria —dije.

—Si quieres, mejor no sigas contando —dijo la muchacha—. Eso es muy privado. . . .

—¿Cómo es posible que una madre haga eso? —dijo el pandillero.

—Lo hizo por pura necesidad —dijo Silvia.

—¿Necesidad de qué? —preguntó la muchacha.

—De conseguir la residencia legal en este país.

—¡La famosa tarjeta verde! —dijo el pandillero.

—¿Y por qué no? —dije—. Con esa tarjeta podés vivir en este país sin problemas, conseguir un buen trabajo, comprar una casa, hacer familia, sin que te moleste la Migra.

—Mi padre tiene un amigo que es residente legal y es divorciado —dijo Silvia—. Y con muchos sacrificios le pagó cinco mil dólares para que se casara con mi madre para que ella pudiera sacar la residencia. Cuando se la den, se va a divorciar de él y se casará con mi padre para que toda la familia tenga derecho a la residencia.

—Entonces tu madre se tuvo que divorciar de tu padre antes de casarse con el amigo, ¿no es cierto?

—Mi padre y mi madre nunca se casaron formalmente en nuestro país.

—Qué arreglo tan complicado —dije.

—Pero casarse sólo por conseguir la residencia es un delito —dijo la muchacha—. Si los descubre la Migra los deportará a todos.

—Por eso, para que se vea normal y que Migración no sospeche nada, mi madre se fue a vivir a la casa del amigo de mi padre mientras le sale la residencia.

—¿Y por cuánto tiempo tienen que vivir así?

—Seis meses más.

—Ya pronto se resolverá el problema.

—Pero las cosas se han complicado —dijo Silvia—. Resulta que el amigo de mi padre se emborracha y abusa sexualmente a mi madre. . . . El hombre dice que él tiene derecho de hacer con mi madre lo que se le antoje porque están casados según la ley. . . .

—¡Qué desgraciado! —dije yo.

—¡Dios mío! —exclamó la muchacha.

—¡Maldito sea! —gritó el pandillero.

Silvia bajó la cabeza y guardó silencio. La muchacha y yo nos acercamos a ella. La muchacha le acarició el cabello en señal de comprensión y consuelo. El pandillero estaba a unos pasos de nosotros.

Silvia levantó la cabeza, llorando.

—¡Mi padre quiere matar a su amigo! Pero no le puede hacer nada porque entonces nadie consigue la residencia.

En ese momento sonó la campana de la escuela que indicaba el receso. La supervisora abrió la puerta, entró y dijo:

—Ya pueden retirarse. Recuerden, hagan sus tareas, de lo contrario serán castigados otra vez.

Mientras salíamos del aula, la supervisora permanecía en el centro del salón, y como si hablara con ella misma, dijo:

—No entiendo por qué estos muchachos no hacen sus tareas. No quieren estudiar. ¡Son unos perfectos haraganes!

8

Días después hablé con la trabajadora social. La tristeza de su mirada y de su sonrisa que a mí me intrigaba no había desaparecido de su rostro.

—Sin la aprobación de tus padres no podemos hacer nada —dijo ella—. Tampoco sin su ayuda económica. Todo depende de ellos.

—Quizá usted pueda convencerlos, y hacer que comprendan que es nuestro deber obedecer los deseos de los muertos.

—Si tú, que eres su hijo, no los has hecho cambiar de parecer, no creo que yo tenga mejores posibilidades. Sin embargo, creo que hay alguien que pueda convencerlos.

—¿Quién? —quise saber.

—El cura de tu iglesia.

—No lo creo.

—¿Por qué no? —me preguntó.

—Porque raras veces vamos a la iglesia.

—No importa. Él es un líder espiritual. Todo mundo escucha sus consejos. Haré una cita con él para que nos ayude.

Al día siguiente fuimos a ver al cura. La trabajadora social nos presentó.

—Nunca antes te he visto por aquí, muchacho —dijo el

cura mirándome muy serio—. ¿Vienes a misa el domingo?

—No, padre.

—¿En tu casa no creen en Dios?

—Sí, pero a nuestra manera.

—¿Cómo es eso?

—Mi madre, en especial, por cualquier cosa, se encomienda a Dios y le pide favores y bendiciones.

—Eso no es creer en Dios. Eso es abusar de su bondad y paciencia. ¿Cómo es posible que le pidan a Dios que los cuide y que los bendiga si ni siquiera visitan su casa? —preguntó el padre severamente.

Traté de excusarlos.

—Mis padres dicen que la bondad de Dios es grande, y que Él perdona nuestros pecados aunque no tengamos tiempo de ir a misa.

—Pero también es necesario hacerle ofrendas, dedicarle cierto tiempo —insistió el cura.

—Es que mis padres casi siempre trabajan los domingos.

—El domingo es el día de Dios. ¿Por qué trabajan tanto por las cosas materiales y se olvidan de sus deberes con Dios, el Todopoderoso, a quien debemos el milagro de la vida? —dijo el padre, exasperado—. En fin, ¿en qué les puedo servir?

La trabajadora social le explicó nuestros deseos. El cura escuchó con atención; después dijo:

—Con los restos de los muertos no se juega. Una vez que han sido enterrados, ellos deben descansar en paz. Así lo dicta la voluntad de Dios y la Iglesia.

—Pero el deseo del abuelo, su voluntad, era descansar en paz en su tierra —le dije.

—¿Tienes un documento con su firma en que se establezca que tal cosa era su deseo?

—No, padre —le contesté desalentado.

—Entonces nada se puede hacer. Lo siento.

La trabajadora social agradeció al cura el tiempo que dedicó a nuestra visita y nos despedimos. Antes de irnos, él me detuvo, diciéndome en un tono más suave:

—Dile a tus padres que sean buenos cristianos y que se acerquen a la iglesia, que Dios los espera.

—Sí, padre.

Advertí en él cierto desconcierto, tal vez porque la comunidad no asistía al templo en grandes cantidades, sobre todo los domingos, como él esperaba. Mis propios padres se olvidaban de ir a misa ese día. Se dedicaban a las cosas que no podían hacer los días de semana, como a las compras del mercado, la limpieza de la casa, el lavado de la ropa y, a veces, a una conversación entre familia. No nos quedaba tiempo ni para descansar. No recuerdo haber tomado vacaciones como todo el mundo lo hacía cada año. Mi familia trabajaba demasiado, cosa que el abuelo siempre criticó.

9

En la escuela Belmont había muchachos con la cabeza rapada que pertenecían a las pandillas, pero que no le hacían mal a nadie si no se les molestaba. Su presencia estaba disminuyendo. Las muchachas usaban maquillaje oscuro; los muchachos camisas oscuras, pantalones anchos y chaquetas holgadas de marcas caras. No se metían con nadie. El abuelo decía que, en el fondo, la mayoría de esos jóvenes solamente buscaban ser diferentes del resto del mundo, y que eso no era crimen ni pecado. Pero el abuelo también decía que ese comportamiento tenía que ser usado de forma positiva para progresar. El abuelo no defendía a las pandillas pero, según él, algunas de las razones por las cuales existían eran la pobreza y la falta de educación.

En mi escuela, algunos de mis profesores eran un verdadero dolor de cabeza, otros eran lunáticos y fregones. Unos no sabían cómo enseñar. Ciertos de ellos, creo que veían la enseñanza sólo como un trabajo más. Pero en general, mis profesores eran buenos, y yo sé que ellos querían que yo alcanzara mi potencial y algunos eran maravillosos. Había un profesor que era muy popular porque él siempre hacía que nos sintiéramos bien, y nos hacía creer que podíamos hacer cosas excepcionales. Siempre agregaba buen humor a la clase y, aún cuando estaba enojado, podía controlar su temperamento. Era capaz de entender nuestros problemas y también de ayudarnos a resolverlos. Sobre todo, nos trataba con bondad.

Todos los profesores de la Belmont eran diferentes. Unos enfatizaban nuestra cultura y nos hacían sentirnos orgullosos de nuestras raíces; nos convencían de que no debíamos sentirnos menos como personas por venir de otra cultura y hablar una lengua diferente a la que se hablaba en este país.

Por eso, mis propósitos en la vida eran terminar la escuela secundaria, ir a la universidad y estudiar educación para ser maestro y seguir el ejemplo de algunos de mis profesores.

Nuestra vieja escuela Belmont estaba supuesta a ser remplazada por un edificio nuevo y moderno, que estaba en construcción en un sitio no muy lejos de la escuela antigua. Todo marchaba bien, y tanto los profesores como los estudiantes estábamos emocionados porque finalmente tendríamos un edificio nuevo con amplios salones de clase, baños nuevos, cafetería grande y buenas canchas de deporte. Pero un día anunciaron que los planes se habían cancelado y que no terminarían de construir el edificio. Habían descubierto que el terreno estaba contaminado porque era un antiguo botadero de basura. Por lo tanto, la escuela Belmont continuaría en el edificio viejo.

Todos los días veía el "nuevo" edificio y me daba cierta tristeza. Oía decir a los profesores de ciencias que la escuela podía funcionar en el nuevo sitio sin riesgo de contaminación para los estudiantes. Sin embargo, otras personas decían que el condado no quería invertir más dinero para terminar el edificio porque, al habitarlo, temían que los alumnos se enfermaran. Todo esto creó un gran lío, pero muchos estudiantes y padres de familia no parecían interesarse en el problema. Yo era uno de los pocos estudiantes que había asistido a un par de reuniones sobre el caso, que se habían llevado a cabo en la escuela después de las clases de la tarde. Yo estaba seguro de que si nosotros los estudiantes no mostrábamos interés, tampoco a nadie más le iba importar que en la escuela vieja los baños se arruinaran y apestaran, que la cafetería no diera abasto a los cuatro mil quinientos y más alumnos, que durante los recesos no se pudiera caminar por los pasillos debido a la gran cantidad de estudiantes, y que la nueva escuela nunca se terminara de construir.

Algunos de mis compañeros creían que todo esto se debía a la corrupción política, otros decían que la gente con dinero no quería ver a estudiantes de la clase baja progresar. Por otro lado, muchos estudiantes temían que si nos movíamos al nuevo edificio la contaminación nos afectaría física y mentalmente, al punto de deformarnos el cuerpo y hacer que nos creciera otro brazo. ¿Cuál era la verdadera razón? No estábamos seguros. Lo cierto era que el nuevo edificio, en vez de suplir una necesidad, había creado una gran desilusión.

10

Con el abuelo yo hablaba de cosas que no discutía con otra persona, ni siquiera con mis padres, como por ejemplo del sentimiento extraño que había tenido desde que llegué a esta tierra. Presentía que era parecido a lo que sentían miles de jóvenes que, como yo, habían emigrado a este país cuando eran pequeños, o que habían nacido aquí de padres extranjeros.

—Me siento raro. No sé si soy de aquí o si soy de allá —confesé una vez al abuelo.

—Te entiendo, hijo. Lo que pasa es que no te has adaptado por completo a esta sociedad a pesar de tantos años de vivir aquí. Es un problema de identidad, porque no sabés si sos de este país o del que vienen tus padres. . . . Además, ¿qué es la antigua patria para un muchacho como vos, que viniste a los Estados Unidos cuando sólo tenías seis años, y que sólo recordás la tierra de origen vagamente en velados pasajes de tu infancia?

—Mi padre habla pestes de su tierra. Dice que lo trataron muy mal y que nunca le dieron ninguna oportunidad de progresar —le dije—. Pero mi madre la recuerda con cariño, a pesar de todo.

—Para mí, mi tierra es como mi ombligo —dijo el abuelo—. Pero también comprendo que para muchos jóvenes como vos, el país de origen es algo conflictivo, pues es la tierra de tus padres pero quizá ya no es la tuya. Y a veces tampoco la tierra adoptiva los emociona tanto como para declararla suya.

—Entonces, ¿cuál es mi patria, abuelo?

—Tu patria, Sergio, es un problema.

—¿Pero cuál es la solución a este problema? Porque mientras tanto, me siento marginado, como que no pertenezco a este lugar a pesar de que vivo aquí.

—El tiempo es la única solución —me contestó—. El paso del tiempo lo empareja todo. Como podés ver, yo me encuentro en una situación parecida a la tuya. No soy de este país y tampoco puedo regresar a mi tierra, porque todo ha cambiado. El lugar de donde yo vengo sólo existe en mi recuerdo. Las personas y las costumbres ahora son otras.

—¿Y cuánto tiempo es necesario para acostumbrarse a esto? —quise saber.

—A veces un par de años. A veces toda una vida. Pero no hay que desesperarse, hay que tomar las cosas como vienen. El secreto está en ser flexible y tratar de adaptarse a la situación. Algo así como el camaleón, que cambia de color según la ocasión.

—En mi caso, a veces quisiera ser como mis padres y mantener su cultura, pero entonces me doy cuenta de que el resto del mundo es de otra manera. Y cuando trato de hacer amistad con otros muchachos que creo están en la misma situación que yo, ellos lo menos que quieren es ser como sus padres. Quieren adaptarse a la cultura de aquí a como dé lugar y ser como el resto del mundo. Sienten vergüenza de sus raíces latinas y no hablan español. Entonces pienso que yo soy el problema porque quiero ir contra la corriente.

—No hay nada malo en querer ser lo que uno quiere —me aseguró el abuelo—, en querer saber de dónde uno viene, conocer sus raíces y quiénes son sus antepasados.

—Pero, ¿a qué cultura pertenezco yo? ¿Cuál es mi identidad? —insistí.

—Para empezar, no debés sentirte mal de no encajar totalmente en la cultura estadounidense predominante. Sos parte de una nueva identidad que es el resultado de dos culturas: la de tus padres y la de este país. Estas dos conforman una tercera cultura, a la que vos pertenecés, es decir, una cultura hecha de dos culturas y dos lenguas diferentes. Sos, lo que aquí llaman, bicultural y bilingüe. Eso es muy positivo y te da muchas ventajas personales. Debés de sentirte orgulloso de ser así.

—¿Será por eso que en la escuela me llaman "Fifty-Fifty"?

El abuelo se tiró una fuerte carcajada, la que me contagió a mí también, y juntos reímos con muchas ganas.

—Qué apodo más ocurrente, mitad y mitad. O sea, que, según tu sobrenombre, sos cincuenta por ciento de allá y cincuenta por ciento de aquí. Ni más ni menos.

El abuelo tenía razón, ambos estábamos en condiciones parecidas, quizá a eso se debía nuestra mutua comprensión. A veces mis padres hasta sentían cierta envidia de nuestras largas conversaciones en el cuarto del abuelo. Mi madre nos gritaba:

—¡Dejen de hablar tanto! ¡Salgan de ese cuarto, que no son ratas!

11

Cuando yo era niño mi madre me cuidaba al mismo tiempo que trabajaba en las casas de la gente rica en El Salvador. Yo la seguía con mis pasos cortos por las habitaciones mientras que ella hacía la limpieza. Mi madre terminaba su labor antes de la cena, y aunque a esa hora ya estaba cansada y con hambre, esperábamos a que el patrón y su familia cenaran; entonces nosotros podíamos comer de lo que sobraba. A veces ellos se extendían en largas pláticas y la servidumbre esperaba en la cocina hasta que terminaran. Las sirvientas entonces retiraban las sobras y las repartían entre nosotros. Mi madre siempre me daba un hueso para que yo me entretuviera lamiéndolo. Ahora que soy mayor odio los huesos. Pienso que son para los perros.

Recordaba vagamente que en la mansión de los ricos alguien abrazaba a mi madre y se acostaba en la cama con ella mientras yo me entretenía jugando con alguna cosa. Siempre quise preguntarle a mi madre quién era aquella persona, pero yo no tenía esa clase de confianza con ella. Me temía que la pregunta le resultara desagradable, y que se espantara de que yo fuera capaz de recordarlo. Yo tenía memoria de eso y mucho más; de sus penas, de sus cansancios, del maltrato que le daban los patrones. Según el abuelo, los recuerdos de la infancia eran los más fuertes y perduraban para toda la vida.

—De seguro era tu padre —me dijo el abuelo una vez que le relaté este recuerdo—. Él era el mozo de la casa en que trabajaba tu madre. Con el tiempo dejaron ese trabajo y se fueron a vivir a mi casa. La vida les resultó difícil. Varios años después, con mucho sacrificio, reunieron el dinero para pagar a un contrabandista de indocumentados y emigraron a este país cuando vos eras un niño.

—También algo de eso recuerdo —le dije—. Y esa memoria es todavía más desagradable.

—Tenés razón, conozco los detalles del viaje. No fue nada fácil.

En este país mis padres hacían lo mismo: mi madre limpiaba casas de personas adineradas, y mi padre era obrero. En el sentido laboral, las cosas para ellos habían cambiado muy poco.

—Al contrario —decía el abuelo—. Yo diría que han cambiado mucho, porque en su país ellos trabajaban muy duro y ganaban muy poco, en cambio aquí trabajan lo mismo pero les pagan diez veces más. Además que aquí esos trabajos no son denigrantes como lo son allá.

12

Mi vecindario tenía mucha energía; allí había siempre mucha acción y un ambiente igual que el de la escuela Belmont, en donde convivían inmigrantes latinos de diferentes países. El vecindario era divertido, bullicioso y lleno de gente, pero algo sucio, con casas y edificios pequeños en una zona marginal que algunos calificaban de ghetto. Estaba habitado por gente buena y trabajadora. Se veían madres caminando con sus niños, chicos jugando y divirtiéndose sanamente. Pero también se veían pandilleros y nunca se sabía lo que se podía esperar de ellos.

Alrededor de la escuela el vecindario era calmado durante el día, pero en la noche era una historia diferente. A un conocido de mi familia lo asaltaron cuando regresaba de la escuela nocturna, aunque esto tampoco sucedía muy a menudo. A lo mejor era cosa de suerte, de estar en un lugar equivocado a la hora equivocada.

En las paredes del vecindario había bastante graffiti. Algunas mujeres vendían alimentos, ropa y sorbete en la calle durante el día, cuando había mucho movimiento y bulla. Pero en la noche, las calles se convertían en una pesadilla, porque en ellas deambulaban jóvenes con pistolas, y nunca se sabía si alguien podía ser baleado.

En mi calle había vandalismo y decían que también cierto tráfico de drogas. Cuando regresaba a casa después de la escuela, yo no me asomaba mucho a la ventana, pues debía aprovechar la hora que me quedaba para hacer alguna tarea escolar. Nunca las hacía todas porque el tiempo no me alcanzaba, ya que en la noche tenía que trabajar con mis padres. La violencia en el vecindario disminuyó desde que una unidad de policía se trasladó a la calle en la que yo vivía. La gente se sentía más segura, pues los carros de la policía pasaban continuamente.

Mis padres y yo vivíamos bastante cerca de la escuela. Belmont estaba en la calle Loma, y yo vivía a dos calles de distancia, en Unión. La mayoría de la gente que vivía allí salía a trabajar temprano en la mañana.

Al salir de la casa, mis padres caminaban conmigo a la escuela y me dejaban en la entrada. Ellos seguían caminando hacia Beverly Boulevard para tomar el bus que los llevaba a su trabajo. Ambos estaban empleados en una casa de una familia rica de Beverly Hills, donde mi madre hacía la limpieza y mi padre atendía el jardín y los arreglos de la casa.

En la escuela tenía varios amigos, y aunque ellos eran de raza y cultura diferente a la mía, curiosamente, todos se parecían a mí: eran cómicos y sinceros. A una de mis amigas le importaba mucho cómo lucía y siempre estaba comprando ropa. Otra siempre estaba tratando de olvidarse de su novio. En cambio una tercera estaba buscando novio, y aún estaba muy enamorada de su ex novio. Todas ellas eran dulces y afectuosas; algunas eran simplemente locas. Todos mis amigos eran buena gente, y siempre estábamos dispuestos a ayudarnos en todo. Si tenía problemas con alguna materia en la escuela, ellos me ayudaban a entenderla. Para mí, mi amistad con ellos era muy importante. El abuelo siempre estuvo de acuerdo conmigo en esto; decía que era mejor tener amigos que dinero.

Mi mejor amigo, Luis, siempre me escuchaba y me hacía sentir que yo era inteligente y especial. Además del abuelo, él era la única persona en quien siempre podía confiar, pues era discreto, afectuoso y amable. Me hacía reír cuando estaba triste y era bueno para conversar. Luis era como el hermano que nunca tuve. Lo conocí desde el séptimo grado. Él vino a este país pequeño como yo, y su familia era de Guatemala. Era muy amigable con todo el mundo y algunas veces también podía ser algo loco. Siempre podía contar con su apoyo cuando más lo necesitaba.

Gracias a Luis era que yo había llegado a entender que teníamos que poner mucho empeño en los estudios para prepararnos para la vida. Él también me consideraba su mejor amigo porque yo estuve con él en situaciones difíciles y siempre le di mi apoyo, como cuando estuvo metido en las drogas y se sentía muy solo y atrapado por la adicción. Entonces todo el mundo lo ignoraba. Cuando finalmente se recuperó, Luis me confesó que mi amistad y comprensión lo ayudaron a dejar las drogas. El abuelo lo llegó a conocer y le pareció un buen muchacho.

Cuando Luis y yo hablábamos, él lo hacía en inglés aunque yo le hablara en español. Así también lo hacía con sus padres, aunque para ellos era más difícil entenderle porque no hablaban muy bien el inglés. Yo no tenía problemas para entenderle, pues yo hablaba ambos idiomas.

La gente nos miraba de forma rara cuando nos oía hablar porque, aunque yo entendía inglés, sólo le hablaba en español, y Luis, aunque entendía español, sólo me hablaba en inglés. Nuestra conversación era como una competencia de idiomas, pero igual, nos entendíamos a la perfección.

La vez que Luis conoció al abuelo yo tuve que hacerle de traductor. Luis comprendía muy bien lo que el abuelo le decía en español, pero él le hablaba en inglés, y para que el abuelo no se quedara en la luna yo le tenía que traducir. Fue una conversación muy complicada porque llegó un momento en que ninguno de los tres estaba seguro si comprendíamos bien lo que los otros querían decir, pero al final nos dimos cuenta que todo aquello era cómico y todos terminamos soltando fuertes carcajadas.

13

La trabajadora social vino a mi clase a decirme que pasara por su oficina por la tarde. Pensé que me pondría al tanto de los obstáculos que aún teníamos, y de los nuevos que cada día se presentaban para retornar al abuelo a su tierra. Yo había hecho mi parte de lo acordado con ella. Había ahorrado unos pesos. Yo trabajaba los fines de semana lavando carros, y guardaba el dinero que mi madre me daba para la escuela. También le había dado a la trabajadora social los nombres y las direcciones de algunas personas conocidas del abuelo en su país. Mi abuelo los había escrito en una agenda que encontré entre sus papeles.

Cuando llegué a la oficina, la mujer estaba ocupada con varios chicos que se habían metido en problemas. Entre ellos estaba un pandillero bien conocido. Quién sabe qué habría hecho esa vez. La trabajadora social estaba tratando de mediar entre el director que quería expulsar al muchacho y los padres que imploraban que lo perdonara. El chico permanecía en silencio; parecía no importarle lo que hicieran con él.

Allí estaba también una muchacha embarazada, de escasos quince años de edad. Lloraba y se quejaba del maltrato de sus padres y de los compañeros de escuela, que la veían como a una tonta que se había dejado embarazar sin saber lo que eso significaba. La muchacha no sabía con seguridad quién era el padre de su futuro hijo. Confesó que se arrepentía del embarazo y que estaba dispuesta a entregar al bebé a un centro de adopción.

Un tercer chico había recibido una tunda. Su rostro mostraba moretones, su ropa estaba sucia y su camisa rota. Lo escoltaba uno de los guardas de la escuela.

La trabajadora social interrumpió la reunión y me dijo que estaría ocupada toda la tarde y que sería mejor que regresara mañana. Tuve el oscuro presentimiento de que no tenía buenas noticias y me fui a casa un tanto desilusionado.

La tarde siguiente, ella estaba aconsejando a un alumno a quien siempre castigaban porque no hacía las tareas escolares. Sentí un poco de lástima por él porque yo había estado en su situación muchas veces. La diferencia era que él no hacía las tareas porque no le daba la gana. Yo, en cambio, porque no me quedaba tiempo para hacerlas por el trabajo que me imponía mi padre.

El muchacho se fue y la trabajadora social vino a recibirme. Lucía cansada y nerviosa como de costumbre, pero esta vez su rostro se iluminó con una gran sonrisa.

—Tengo buenas noticias —dijo.

Aquellas palabras me sorprendieron.

—¿Sí?

—Sí. Me he puesto en contacto con la embajada de El Salvador, y me han indicado los trámites que debemos hacer para enviar el cuerpo de tu abuelo.

—¿Quién lo recibirá allá?

—Uno de los nombres que me diste resultó ser el de una prima de él, tu tía abuela. La contacté y se ofreció para recibir el cuerpo y darle sepultura —me informó.

—Yo he ahorrado un dinero, pero no creo que sea suficiente . . .

—No me lo vas a creer —dijo emocionada—. Pero tu abuelo había ahorrado mucho dinero y lo había enviado a su prima para que se lo guardara. ¡Con eso se costeará el viaje!

—Veo que todo está arreglado.

—Casi todo. Sólo falta la autorización de tus padres.

—Creo que esta vez será fácil, ya que no les costará ni un centavo.

De pronto sentí un fuerte impulso que conmovió todo mi ser, y grité:

—¡Yo me voy con el abuelo!

La mujer me miró de forma extraña, y por un momento como que no sabía qué decir.

—Te atrasarás en la escuela —dijo al fin.

—No importa. Estudiaré mucho cuando regrese.

—No conoces a nadie allá, Sergio. Viniste a este país siendo un niño.

—Conoceré a mi tía abuela. Ella es de mi sangre.

—¿Quién costeará tu viaje?

—Tengo dinero ahorrado.

—Tus padres no lo permitirán.

—Los convenceremos. Sé que usted me puede ayudar en eso —insistí.

Al comprender mi determinación sonrió con un gesto de complicidad.

—Bien. Hasta ahora hemos resuelto los obstáculos más difíciles. Trataremos de convencer a tus padres.

14

La trabajadora social vino a mi casa el fin de semana. Después de haber hablado con mis padres acerca de la escuela, del trabajo, de la familia y del clima, sin titubeos les dijo:

—Todo está arreglado para que el abuelo regrese a su tierra.

Mis padres guardaron silencio. No sé si fue por la sorpresa que la noticia les causó, o la culpabilidad que sentían por no haber hecho nada por cumplir con los deseos del abuelo.

—Ahora se hará realidad la voluntad del abuelo —dije para apoyar las palabras de ella.

Mi madre fue la primera en reaccionar.

—Nosotros no tenemos dinero para eso.

—La prima de él lo costeará todo —dijo la trabajadora social.

—¿Todo?

—Todo.

—Que yo sepa, ella apenas tiene para su sustento —dudó mi madre.

—El abuelo ahorró todo el dinero que ganó en su trabajo y se lo envió a ella —dije yo.

—Viejo zorro —dijo mi padre—. Lo tenía todo calculado. Muchos trabajan duro para vivir mejor, pero él lo hizo para ser enterrado a su manera.

—Y para regresar a su tierra —agregué.

—¿Quién se encargará de los trámites? —quiso saber mi madre.

—Una casa funeraria —respondió la trabajadora social—. Prepararán el cuerpo, lo transportarán al aeropuerto y lo pondrán en el avión.

—¿Y allá, quién lo recibirá?

—La prima del abuelo ha contratado una casa funeraria allá, que lo recibirá y le dará sepultura.

—Veo que todo está arreglado —observó mi madre.

—Todo —corroboró la trabajadora social.

—Bueno, entonces que se haga la voluntad del abuelo —dijo mi padre.

—Así sea —acordó mi madre.

La trabajadora social me miró a los ojos para indicarme que era el momento propicio para que yo expresara mi deseo.

—Yo acompañaré al abuelo —dije.

—¡Estás loco! —repuso mi padre.

—Te vas a atrasar en la escuela —añadió mi madre.

—Necesitamos tu ayuda en el trabajo.

—Allá no tenés familia.

—Ese país es peligroso. Sobre todo para un joven como vos.

Yo no encontraba argumentos para contrarrestar aquellas objeciones, y sólo pude contestar:

—Yo quiero enterrar al abuelo en su tierra. Quiero estar con él en los últimos momentos y demostrarle mi verdadero amor, así como él me lo demostró a mí.

—El abuelo ya está muerto y enterrado. Ojalá Dios no nos

castigue por permitir que lo desentierren —dijo mi madre.

—Es la voluntad del abuelo. Yo creo que él estará feliz de que yo lo acompañe a su tierra de origen.

—¿Él te lo pidió? —me preguntó mi madre.

—Sí.

Mi padre me miró a los ojos.

—¿Estás seguro?

—Seguro —le afirmé sin titubeos.

Por primera vez había mentido en nombre del abuelo. Yo sabía que él me perdonaría porque lo había hecho por amor a él, por estar cerca de él, en su tierra, por última vez.

La trabajadora social estaba dispuesta a ayudarme y dijo:

—Él puede llevarse los libros y estudiar durante el viaje, así no se atrasará en los estudios.

—Y allá me puedo quedar con mi tía hasta que enterremos al abuelo.

—No veo mayor problema —apoyó la trabajadora social—. Además, creo que es importante para el estado anímico de este muchacho que acompañe a su abuelo hasta el final. Será muy saludable para él. Ayudará a su autoestima.

—Y el abuelo estará feliz —agregué.

Mis padres no parecían estar muy convencidos de todo aquello, pero al fin aceptaron.

—Bien, te doy permiso una semana, nada más —autorizó mi padre.

Yo salté de contento y abracé a la trabajadora social, luego a mis padres. Ese fue uno de los momentos más felices de mi vida. El abuelo posiblemente estaba también saltando de gozo en el cielo.

15

La escuela Belmont tenía mucha historia y una larga tradición. Muchos ex alumnos habían llegado a ser personas muy importantes. La Belmont era agradable y llena de energía, porque estaba formada por estudiantes que quizá no éramos los mejores del mundo pero que, una vez que llegábamos a ella, la hacíamos nuestra, le tomábamos gran cariño y siempre queríamos regresar. A pesar de todos sus problemas, a mí me gustaba y estaba muy orgulloso de ella, de los estudiantes, de mis profesores y de mis amigos.

Algunos profesores se quejaban de la poca cooperación que recibían de los padres en los estudios de sus hijos, y del poco interés que demostraban hacia los problemas de la escuela. Pero yo entendía que la mayoría de los padres no podía ayudar a sus hijos en sus tareas escolares porque siempre estaban trabajando para sobrevivir y mantener a la familia, y porque a veces ni siquiera hablaban inglés. Los padres tampoco participaban en la discusión de las cuestiones de la escuela, ni velaban por su mejoría, porque temían meterse en problemas, ya que muchos de ellos no tenían resuelto su estado legal en este país.

En mi caso, y seguro que en el de la mayoría de los estudiantes, lo que quería era triunfar en la vida. Por supuesto que había tropiezos, pero para sobreponerme a ellos, pensaba en mis padres y en lo que ellos habían sufrido para llegar a este país y darme una vida mejor. Por eso quería estudiar para ser un buen profesional y que mis padres se sintieran orgullosos de mí. Sabía que no sería fácil porque muchos estudiantes como yo encontraban grandes obstáculos para lograr una mejor educación. Muchos querían ir a la universidad y no lo hacían por falta de dinero, porque no tenían papeles legales, o por las pocas oportunidades que había para los jóvenes latinos.

El abuelo decía que la escuela no la hacían los edificios, por bonitos o feos que fueran, sino los profesores y sobre todo los estudiantes. En ese sentido yo creía que Belmont era una gran escuela.

Muchas personas se referían a Belmont High como "un lugar de latinos y pandilleros", lo cual era una gran equivocación. El hecho de que las pandillas existieran no significaba que ellas controlaban la escuela. En vez de fijarse en eso, estas personas deberían prestar atención al duro trabajo que hacía nuestra gente para vivir con dignidad y progresar en este país.

—La necesidad hace que nos acostumbremos al lugar donde vivimos, por miserable que sea —decía el abuelo al recordar su tierra y su gente—. Pero el desafío para cada uno de nosotros no consiste en despreciarlo, sino en descubrir las cosas positivas de ese lugar, y mejorarlo.

El abuelo siempre tenía una opinión para todo y nunca la callaba, y me empujaba a que yo hiciera lo mismo. Mis padres a veces me aconsejaban que no le hiciera mucho caso.

—El viejo habla hasta por los codos —me había dicho mi padre—. Nadie lo puede callar.

—Allá en su país se metió en muchos problemas

porque a todo el mundo le decía la verdad en su cara
—había afirmado mi madre.

—Una vez lo metieron en la cárcel por criticar al go-
bierno —me reveló mi padre—. Pero, aún así, no cambió.

—Pero aquí estamos en los Estados Unidos —había
argumentado el abuelo—. Supuestamente éste es un país
libre, y se puede hablar con libertad. El deber de todo ciu-
dadano es expresar su opinión, por buena o mala que sea, y
respetar la opinión de los demás.

Mis padres tenían razón. Nunca habían podido silenciar
al abuelo; él se consideraba un hombre totalmente libre. Y
era por eso que él siempre sería mi héroe.

16

Llegó por fin el tan esperado día de salida hacia la tierra del abuelo. Mis padres me llevaron al aeropuerto, y allí nos reunimos con la trabajadora social. Ella había llegado para cerciorarse de que el cuerpo del abuelo fuera entregado a la línea aérea. Por la ventana de la terminal vimos cuando por fin pusieron el enorme depósito que contenía el ataúd en el compartimiento de carga del avión.

En el momento de los abrazos de despedida, mis padres me encomendaron que me cuidara mucho y regresara pronto. Después le expresé mi agradecimiento a la trabajadora social por haber hecho posible aquel viaje.

—No te olvides de enviarme una tarjeta postal —me encargó.

Me subí al avión y, poco tiempo después, éste despegó para escalar el cielo. Todo mi ser vibraba de emoción. Me causaba un gran regocijo el sólo pensar que el abuelo y yo volábamos hacia la tierra que él tanto quería y de la cual me había hablado maravillas. Era como si él mismo lo hubiese planeado todo y se estaba haciendo el muerto para que juntos voláramos hacia ese lugar en que él y yo habíamos nacido.

El viaje iba a ser largo, por lo que decidí leer uno de los libros de la escuela para no atrasarme en los estudios. Mi materia favorita era Historia, cuyo estudio era fascinante para mí; pues imaginaba que era como un espejo que mostraba el pasado. Estábamos estudiando la guerra entre México y los Estados Unidos, la que terminó en 1848, cuando México perdió muchas tierras y a los Estados Unidos se anexaron Arizona, California, Nevada, Nuevo México y Tejas. En otras palabras, todas las tierras de México al norte del Río Grande pasaron al poder norteamericano. En clase discutíamos el hecho de que una gran cantidad de inmigrantes cruzaba la frontera en busca de una mejor vida en el Norte. Muchos estudiantes estaban a favor de cerrar la frontera. Pero una vez en clase yo le pregunté al maestro:

—Si esa gente ya vivía en esas tierras cuando los Estados Unidos se apoderó de ellas, ¿quiénes son los inmigrantes? ¿Quiénes son los indocumentados, ellos o nosotros?

El profesor y los estudiantes contestaron que eso ya era cosa del pasado. Un estudiante dijo que el único propósito de la clase de Historia era satisfacer los requisitos de la escuela. Le contesté con unas palabras que había escuchado del abuelo:

—La Historia demuestra que los seres humanos cometemos los mismos errores del pasado, y nunca aprendemos nada de ellos.

El avión volaba por el espacio azul, sobre las nubes que parecían montañas de algodón. Habían transcurrido varias horas de vuelo y aún faltaban muchas por volar.

El capitán anunció que pronto pasaríamos sobre el Golfo de México, una gran extensión de mar. Anunciaron también que mostrarían una película para los que quisieran entretenerse. Yo opté por cerrar los ojos y descansar. Las emociones del viaje me habían debilitado y caí en un profundo sueño.

17

Había dormido cerca de una hora cuando me desper-
taron los gritos de sorpresa de los pasajeros en reac-
ción a una advertencia del piloto:

—Damas y caballeros, lamento comunicarles que el
avión ha sufrido un desperfecto, cuyo origen no podemos
determinar . . .

De pronto los pasajeros sentimos terror y confusión.

—¡Estamos perdiendo altitud! —gritó alguien.

El piloto corroboró:

—Damas y caballeros, estamos descendiendo veloz-
mente. Prepárense para una emergencia. Favor de obedecer
las indicaciones de las asistentes de cabina. Amárrense
bien los cinturones de seguridad, eso es lo más importante.

El ambiente en el avión, tranquilo hasta hacía unos
momentos, había cambiado de forma radical. Todos los
pasajeros habíamos perdido la serenidad. Muchos gritaban
con desesperación mientras que otros oraban a grandes
voces.

—¡Qué mala suerte la mía! —dijo un hombre—. ¡Yo
iba de vacaciones y sólo vine a encontrar la muerte!

—Hay que encomendarse a Dios —decía una mujer.

El capitán impartía instrucciones por los parlantes. Las
azafatas se esforzaban en caminar por los pasillos para con-
solar a los pasajeros, pero el terror también nublaba sus

rostros.

—¡Todos nos ahogaremos en el mar! —gritó alguien.

El avión empezó a bajar más rápido. El capitán anunció:

—Buenas noticias, damas y caballeros. Todavía funciona un motor que nos ayudará a descender sobre el mar . . .

—¡Dios mío, nos ahogaremos! —dijo una señora presa del pánico.

—¡Si es que no nos devoran los tiburones! —exclamó un hombre.

—¡Tengo miedo! —lloró un niño.

El capitán agregó:

—No se preocupen porque, si todo sale bien, el avión flotará como un barco y allí nos rescatarán los guardacostas. . . . Yo, incluso, tengo experiencia en volar hidroplanos, lo cual nos servirá de mucho . . .

—¿Qué diablos es un hidroplano? —preguntó un hombre desesperado.

—Un avión que flota en el agua —respondió una azafata.

La nave estaba descendiendo a gran velocidad y los pasajeros esperábamos lo peor. Las azafatas nos indicaban lo que teníamos que hacer en el momento en que la nave tocara el mar. La almohadilla del asiento sería nuestro salvavidas. Al momento que las máscaras de oxígeno brotaron del techo, las azafatas nos ordenaron que nos las ajustáramos sobre la nariz y la boca.

Mientras tanto el avión se balanceaba y hacía ruidos extraños al pasar por zonas de turbulencia. Yo sentía una extraña sensación en el estómago, como cuando se desciende en la montaña rusa. Varios pasajeros estaban

vomitando y tosiendo. El interior del avión, ahora una esce-
na de verdadero pánico, se había calentado y se llenó de un
extraño olor. Por las ventanillas se veía el mar, sólo el mar.
En la fila que yo viajaba, la mujer del asiento de en
medio se había desmayado. El hombre próximo a ella
oraba en voz baja, con los ojos cerrados. Yo me mantenía
atento a lo que sucedía en el avión y a las indicaciones del
piloto y de las azafatas.

—En estos momentos nos estamos acercando al agua
—dijo la serena voz del capitán—. Favor de asegurarse los
cinturones y agarrarse del respaldo del asiento de enfrente,
así sentirán menos el impacto.

El avión descendió y se deslizó sobre el agua como en
un aeropuerto marítimo. Entre brincos y golpes fue perdiendo velocidad y se detuvo, flotando y balanceándose
como un barco en alta mar. Algunos pasajeros aplaudieron
de contento al ver que habíamos sobrevivido el aterrizaje.

De inmediato abrieron las puertas de emergencia.
Habíamos pasado el susto inicial. De milagro no había
ninguna víctima hasta ese momento. Algunos pasajeros se
quejaban y varios niños lloraban, pero el capitán parecía
tener todo bajo control.

Con la ayuda de unos pasajeros que habían salido y se
mantenían de pie sobre las alas del avión, inflaron varias
balsas, las tiraron al mar y todos nos subimos a ellas sin
olvidar las almohadas de los asientos, las que nos servirían
de salvavidas en caso de que fuera necesario lanzarse al
agua. En corto tiempo todo el mundo había abandonado el
avión, incluso las asistentes de cabina y los pilotos.

—¡Se está hundiendo el avión! —gritó alguien.

—¡Adiós valijas! —exclamó alguien más.

Varias personas rieron con nerviosismo.

—Con que nos salvemos nosotros basta, aunque se pierdan las maletas.

—Así es. La vida es lo más importante.

El capitán comentó que en el descenso la parte inferior del avión quizá se había rajado y que por eso el agua había penetrado el avión. De inmediato pensé en el abuelo. El pobre se hundiría con el avión y terminaría en el fondo del mar, lo cual no estaba de acuerdo con sus deseos, porque él no había sido marinero. Le encantaba la pesca, pero no creo que hubiera preferido ser enterrado en el mar para que su cuerpo fuera devorado por los peces.

De repente una mujer gritó:

—¡Las maletas se salieron del avión!

—¡Esa es mi valija! —exclamó un hombre.

Los bultos flotaban sobre el agua y varios pasajeros se lamentaban que sus pertenencias se echaran a perder.

De pronto alguien preguntó:

—¿Qué es eso que viene flotando allí? —y señaló hacia el avión que se hundía.

Volví la vista al lugar indicado. Un enorme depósito se balanceaba sobre el agua. Yo grité de emoción:

—¡Es mi abuelo!

Me lancé al mar y nadé hacia el gran cajón, aferrándome a él con todas mis fuerzas.

—¡Agárrate bien! —gritó el capitán.

—¡Cuidado con los tiburones! —dijo una azafata.

En ese momento un hombre lanzó un fuerte grito de alegría al ver que se acercaban unos barcos.

—¡Son los guardacostas! —confirmó el capitán—. Gracias a Dios.

Los guardacostas rescataron a todos los pasajeros. Yo me había subido sobre el depósito que se balanceaba en el agua como una fuerte balsa. Varios hombres descendieron de un helicóptero y amarraron el cajón con sólidos cables, luego lo alzaron en el aire y lo llevaron a la cubierta de uno de los barcos. El abuelo y yo también estábamos a salvo.

Para entonces el avión se había hundido por completo, pero nadie murió en el desastre. Las únicas pérdidas habían sido la mayor parte de las maletas, y el avión.

A bordo de los guardacostas, todos los pasajeros reíamos de contento por haber sobrevivido aquel extraño accidente que bien pudo habernos sepultado en las profundidades del Golfo de México.

18

Nos transportaron a un puerto donde fuimos recibidos por cámaras de televisión y reporteros curiosos por averiguar hasta el más ínfimo detalle del accidente para transmitirlo al mundo entero. Cuando se dieron cuenta que yo viajaba con un muerto, me acosaron con muchas preguntas y no estuvieron satisfechos hasta que les conté todos los pormenores del viaje y lo que éste significaba para mí. Un periódico publicó una historia sobre el caso bajo el titular "Muchacho viaja con su abuelo en un ataúd. Ambos sobreviven desastre aéreo".

Después de varias horas nos acomodaron en un hotel, y de allí llamé a mis padres. Por suerte los encontré en casa. Mi madre había visto en la televisión un reportaje del accidente y estaba bastante preocupada.

—Qué bien que nos llamás, hijo. Fue una gran sorpresa verte en la televisión. ¡Qué desastre!

—No se preocupe mamá, estoy bien. Un poco agitado nada más. Pero, gracias a Dios, todos estamos a salvo, incluso el abuelo —le aseguré.

—Bueno, él ya está muerto, y ya no se puede morir más por muchos accidentes que sufra.

Yo quise decirle a mi madre que para mí el abuelo no había muerto. Durante el viaje y el accidente yo había sentido su presencia muy cerca de mí, como si fuera mi ángel de la guarda y me cuidara de todo mal. Pero no pude decírselo porque ella le pasó el teléfono a mi padre quien, un tanto irritado, me dijo:

—¿Ves los problemas en que te andás metiendo por enterrar a los muertos dos veces? Eso es mal agüero. Pero vos no hacés caso. En vez de andar perdiendo el tiempo y buscándote problemas, deberías estar en casa con tus padres, ayudándonos en el trabajo y estudiando como te corresponde.

Mi madre tomó el teléfono y en tono conciliador me dijo:

—No le hagás caso a tu padre, él se alegra mucho, como yo, de que estés bien. Lo que sucede es que a él le cuesta trabajo decirte que te quiere y que también te extraña mucho.

—Yo entiendo —le dije.

—¿Y ahora qué? —quiso saber ella.

—Mañana continuaremos el viaje por avión —le informé.

—Quiera Dios que no pasés más sustos. Llamanos por teléfono cuando llegués a casa de tu tía abuela.

—Sí, mamá.

—Te quiero mucho y cuidate. Recordá que sos mi hijo adorado.

—Yo también la quiero mucho, Mamá. Usted es mi madre adorada.

Mi padre tomó el teléfono.

—Hijo, cuidate mucho. No te olvidés de tus padres. Aquí te esperamos con los brazos abiertos.

Mi padre parecía estar al fin conmovido.

—Recibí todo nuestro cariño, hijo. Que Dios te bendiga.

—Gracias papá, lo quiero mucho.

—Adiós hijo —dijo mi madre—. Buena suerte.

—Adiós.

19

Continuamos el viaje al día siguiente, como si nada hubiera pasado. Tres horas después aterrizamos en el país del abuelo sin ninguna otra complicación.

Cuando se abrió la puerta del avión y salí al aire libre, la primera impresión que tuve fue la de entrar en un mundo diferente, de color y fantasía. El clima era agradable, ni caliente ni frío. Una brisa suave acariciaba mi piel, y yo sentía que a mi corazón lo envolvía una sensación de alegría hasta entonces para mí desconocida. Era como si la misma naturaleza local me diera la bienvenida después de diez años de ausencia.

Mi tía abuela resultó ser una mujer sonriente, dinámica y guapa. Tenía una alegría de vivir que se reflejaba en su rostro y la hacía parecer bastante joven. Ella de inmediato se ocupó de todos los detalles. El ataúd fue transportado a la casa funeraria donde, al día siguiente, se llevaría a cabo la vela. Yo acompañé a mi tía a su casa, un lugar pequeño y modesto pero limpio y ordenado, con un jardín y un árbol de limón que perfumaba el ambiente.

—Podés dormir en este cuarto —me dijo—. Es el mismo que ocupó tu abuelo la única vez que vino de los Estados Unidos y me visitó. Recuerdo que en esa ocasión me dijo que tenía un gran amigo allá y que sólo por eso se regresaba. Ahora comprendo que se refería a vos.

—Sí, éramos más amigos que familiares.

—Qué lindo. La amistad es uno de los regalos más preciosos de la vida. Porque la amistad verdadera lo es todo: confianza, comprensión, simpatía, tolerancia, amor.

—El abuelo siempre me decía que era mejor tener amigos que dinero.

—Era un hombre simpático y elocuente. Ya verás mañana cuánta gente viene al velorio. Tu abuelo era muy conocido.

La noche nos encontró platicando en el jardín.

—Te quiero decir esto antes que se me olvide —dijo ella—. Desde el primer momento que te vi fue como si estuviera viendo a tu abuelo. . . . Es que, no sólo te parecés a él, sino que incluso tenés su misma aura, ¿me explico? Como si fueras su reencarnación. Y mirá que yo no soy religiosa ni supersticiosa, ni creo en el más allá. Pero vos como que estás cortado a la misma medida de tu abuelo. Incluso tenés su misma mirada de ensueño.

Mi tía me despertó mucha confianza y le conté lo que no le había podido decir a mi madre, que yo sentía la presencia del abuelo muy fuerte, como si estuviera a mi lado día y noche.

—Tal vez son la misma persona —dijo ella con su encanto natural y atractivo—. Sabés, nunca se lo dije a tu abuelo, pero yo siempre estuve enamorada de él. Era mi amor secreto. . . .

—Ya que llegamos a este punto —le confesé—, le quiero decir un secreto.

—Ah, ¿sí? ¿De qué se trata?

—Que el abuelo también estuvo enamorado de usted. Nunca se lo dijo porque eran primos, y tenía miedo de que de este amor nacieran hijos con cola de cerdo.

Ella soltó una carcajada y todo su ser pareció vibrar con mucha energía.

—Tu abuelo era tan ocurrente.

—Hubieran hecho una gran pareja. Porque usted me parece una mujer muy bella en todo sentido. Tal como él la describía.

—Ay Dios mío —dijo emocionada—. También sos galante con las mujeres como tu abuelo. Imagino que tenés muchas novias en los Estados Unidos.

—No. Ninguna.

Luego agregué:

—Eso de las novias es bastante complicado.

—¿Por qué decís eso?

—Es que en los Estados Unidos muchos padres de familia emigrantes desean que sus hijos busquen novias que tengan las mismas costumbres de su país de origen, pero los muchachos quieren novias adaptadas a las costumbres norteamericanas.

—¿Y vos qué preferís? —me preguntó.

—Todavía no lo he pensado.

—Bien, no te apurés. Todo a su tiempo —me aconsejó.

Llegó la noche y decidimos irnos a dormir. Yo estaba bastante cansado, pero también estaba muy impresionado con aquel lugar de encanto y con aquella mujer que a pesar de su edad tenía un espíritu joven y demostraba una intensa alegría de vivir.

Antes de acostarse, tocó la puerta de mi habitación y dijo:

—Sabés que estoy muy contenta de que hayás venido. Desde ya sos mi nieto del alma. Me hacés muy feliz con tu visita.

—Muchas gracias, tía. Yo también estoy feliz de conocerla y de estar aquí con usted en la tierra del abuelo.

—Recordá que también es tu tierra —dijo con su voz suave y armoniosa—. Vos naciste cerca de aquí.

—¿Sí? No lo sabía.

—Mañana visitaremos el lugar. Que durmás con los angelitos. Buenas noches.

—Buenas noches.

20

Yo raras veces soñaba, tal vez porque no tenía en qué soñar. Pero esa noche tuve un sueño bastante extraño. Soñé que me había convertido en el abuelo; era como si él hubiera regresado a su juventud.

En el sueño mi tía era una niña, bella y radiante como una flor, y jugaba inocentemente con su primo, el abuelo (yo, en este caso).

Ambos crecieron y aquellos juegos infantiles se convirtieron en amor. Se enamoraron el uno del otro, pero sus padres no estaban de acuerdo con ese amor, entre miembros de la familia, de la misma sangre.

Una noche, sin que nadie se diera cuenta, se escaparon hacia los Estados Unidos donde consumaron su gran amor y vivieron felices el resto de sus vidas.

De repente, el canto de un gallo me despertó. Aún sentía en mi cuerpo la extraña sensación de amor y felicidad, causa de aquel sueño que el abuelo quizá había soñado a través de mí, desde su ataúd, para consumar por fin su amor secreto, y para que yo experimentara por primera vez la felicidad del amor.

21

Mi tía me llevó a conocer el lugar donde yo había nacido. Era una casa pequeña y despintada, habitada por gente que entraba y salía ocupada en su faena diaria.

—Ellos son descendientes de tu abuelo —dijo mi tía.

—¿Son familiares míos?

—No, no lo creo porque son de una generación muy lejana —explicó.

Ella me tomó de la mano, y juntos nos acercamos a la casa. Encontramos a una señora conocida de mi tía, y le dijo:

—Hola, ¿qué tal?

—Bien, gusto de verla. Hace mucho tiempo que no se acercaba por aquí —le contestó la señora.

—El gusto es mío. Mire, le presento a mi nieto. Él ha venido a visitarnos desde los Estados Unidos.

—Mucho gusto —dijo la señora.

—Mucho gusto —le contesté.

Mi tía agregó:

—Él nació en esta casa hace dieciséis años. Se la he venido a mostrar.

—Pasen adelante —invitó la señora—. Dispensen el desorden.

Mi tía entró y me llamó.

—Vení, entrá. Mirá, en ese cuarto estaba la cama donde

tu madre te dio a luz. Yo lo recuerdo muy bien porque vine a visitarla al día siguiente que vos naciste. Eras un niño gordito y vivaracho.

Yo me acerqué al lugar y sentí un calor extraño que me hacía recordar imágenes borrosas de mi infancia. Al escudriñar el interior oscuro y abandonado de la casa me di cuenta de lo pobre que entonces eran mis padres, y comprendí sus esfuerzos por marcharse a otro país a buscar mejor suerte.

—Bueno —dijo mi tía—. Ahora ya conocés. Vámonos antes que se haga tarde. Hoy tendremos un día bastante ocupado.

Di la vuelta para buscar la puerta y al salir me topé con una muchacha. Ella sonrió y su rostro se iluminó. Su intensa mirada me tomó tan de sorpresa que me forzó a apartar mis ojos de ella.

—Mirá quién viene aquí —dijo mi tía—. Es Flor de Ángel. Ella nació el mismo día y a la misma hora que vos naciste. Tienen exactamente la misma edad. Cuando eran chicos jugaban juntos.

Yo alargué una mano.

—Mucho gusto.

—El gusto es mío. ¿Cómo te llamás?

—Sergio.

—Igual que tu abuelo —dijo ella, y siguió su camino sin despedirse.

—Vamos —dijo mi tía.

Nos marchamos. Hicimos todas las diligencias que teníamos que hacer ese día. Al anochecer nos fuimos al velorio del abuelo. Me sorprendió que ya hubiera allí bastante gente.

—Todas estas personas conocieron a tu abuelo —confirmó mi tía.

—No creí que fuera tan popular.

—Esto no es nada. Ya verás cuánta gente viene más noche.

Tomamos asiento cerca del ataúd. Mi tía estaba en lo cierto: mucha gente desfiló ante el ataúd. Se detenían y oraban en silencio, luego venían a saludar a mi tía, quien me presentaba a ellos. Todos comentaban que me parecía mucho al abuelo, me expresaban su simpatía hacia él, su pesar por su muerte, y lamentaban que hubiera fallecido a pesar de haber sido tan fuerte y lleno de vida. Este velorio fue muy diferente al primero en los Estados Unidos. Aquél fue rápido y solitario. Éste estaba lleno de gente y bulla. Varios de los asistentes no se habían visto en muchos años, por lo que, alegres de haberse encontrado, intercambiaban anécdotas sobre el abuelo.

La noche transcurría y la gente no daba señales de estar lista para por marcharse. Entre los visitantes, apareció Flor de Ángel con su familia. Estreché su suave mano al saludarla, y debo confesar que sentí flojera en las piernas; hasta tuve que sentarme para evitar caer al suelo.

Ella sonrió y me preguntó:

—¿Vendrás mañana al carnaval?

—¿Qué carnaval?

—El carnaval de los muertos —me contestó—. Imagino que llevarás a tu abuelo, ¿no?

Yo no sabía nada de aquello pero le dije que sí, tal vez sólo por el tremendo deseo que sentía de volver a verla. Su sonrisa mostraba una blanca y perfecta dentadura. Su rostro ligeramente cobrizo relumbraba de alegría. Su cabello oscuro, ondulado y sedoso invitaba a ser tocado. Toda ella era frescura y vitalidad. Se marchó al poco tiempo, pero yo no podía apartar mis ojos de ella.

Mi tía se acercó y, con tono curioso, me dijo:

—Es linda, ¿verdad?

—Muy linda —dije, incapaz de esconder mi admiración por Flor de Ángel. Incluso su nombre me sonaba delicado y poético, digno de ella.

Luego le pregunté a mi tía:

—¿Qué es el carnaval de los muertos?

—Es una fiesta tradicional donde se despide a los recién fallecidos y se recuerda a los que murieron hace tiempo. Qué coincidencia que el carnaval empiece mañana, justo para el entierro de tu abuelo. He reservado un puesto en el desfile.

Aquello me sonaba un tanto extraño, pero al pensar que el abuelo así lo hubiera querido, creí que valdría la pena participar en aquella tradición. Además, sería otra oportunidad para ver a Flor de Ángel y platicar con ella.

22

El desfile era parte de un carnaval con música y disfraces. Los amigos del abuelo se turnaban para llevar el ataúd, el cual era sostenido por una tarima con seis agarraderas, tres a cada lado. Me pusieron al frente y ayudé a cargar el ataúd sólo por media cuadra, pues muchos otros también querían tener el honor de hacerlo.

En el desfile llevaban al menos cien ataúdes, unos con muertos y otros vacíos, que las familias cargaban con mucho respeto. A los cajones los rodeaban individuos disfrazados de muertos y de personajes de ultratumba soplando pitos y sonando tambores. Varias bandas tocaban música movida y estridente. Todo era una celebración alegre y concurrida que de funeral no tenía nada en absoluto. El propósito era crear tanta vida, ruido y alegría como para despertar a los muertos y que éstos advirtieran que no habían sido olvidados, que se les recordaba con mucha felicidad.

Alguien disfrazado de muerto se acercó a mí para asustarme. Cuando se quitó la máscara, vi que era mi tía, quien se moría de la risa al verme atemorizado. Me abrazó y luego se volvió a poner la máscara, perdiéndose entre la muchedumbre en busca de más víctimas.

En ese momento llegó Flor de Ángel, quien no se había disfrazado. Menos mal. Detrás de ella venía una muchedumbre. La tomé de la mano y nos apartamos para que el gentío pasara, pero una tropa de bailarines nos llevó al encuentro y quedamos en el centro del grupo. Flor de Ángel se puso a bailar y me invitó a que yo también lo hiciera. Yo le dije que nunca había bailado en mi vida.

—Ya vas a aprender —gritó—. Es fácil. Dejate llevar por el ritmo de la música.

Lo dijo con tanta gracia que me animé a mover los pies.

—Bien —dijo—. Así mismo.

El desfile finalmente llegó al cementerio, y me adelanté a buscar el ataúd del abuelo. Lo habían puesto en la sepultura, y cuando llegué a su lado, mi tía me invitó a echar la primera palada de tierra. Luego pasaron los amigos y conocidos del abuelo hasta que la tierra había cubierto el cajón por completo. Por último, Flor de Ángel depositó un bello ramo de flores sobre la tumba. De pronto sentí una gran satisfacción y una tremenda alegría; por fin el abuelo estaba enterrado en su tierra. Sus sagrados deseos se habían cumplido.

Aquel viaje había sido la aventura más grande de mi vida. Me había hecho descubrir mis raíces, las costumbres de mis antepasados y la maravillosa tierra de mi infancia. Había conocido a una tía abuela que era ejemplo de la alegría de vivir, y a una muchacha increíble, Flor de Ángel; una bella flor de mi tierra.

Con su muerte, el abuelo me había dado la lección de mi vida. Sin embargo, yo creía con firmeza que él no había muerto. Para mí, el abuelo todavía vivía en mí y en todos aquéllos que tocó a su paso por este mundo, y que lo recordaban con mucho cariño.

A pesar de que los muertos habían sido sepultados, el carnaval continuó con igual intensidad. Con Flor de Ángel paseamos por el parque, comimos la exquisita comida típica y bailamos varias canciones. Ella se sorprendía de ver con qué facilidad yo aprendía a bailar siguiendo sus pasos. El carnaval todavía no terminaba, pero había llegado la madrugada, por lo que acompañé a Flor de Ángel a su casa. Nos despedimos y le di un beso nervioso en una de sus suaves mejillas.

—¿Cuándo regresás a los Estados Unidos? —me preguntó.

Yo suspiré y le dije:

—No lo sé. Acaso mañana. Quizá nunca.

—Si te vas, me voy con vos.

Aquella revelación me tomó de sorpresa y, por decir algo, le pregunté:

—¿Y si me quedo?

—También.

No pude contenerme y le besé sus delicados labios.

—Nos vemos mañana.

—Ya es mañana —dijo con una sonrisa.

—Entonces más tarde.

—No tardés mucho.

—Bien.

Empujó la puerta y entró en la oscuridad de la casa donde ella vivía, y donde yo había nacido.

Me marché a la casa de mi tía. Estaba cansado por todo lo que había hecho ese día, pero no sentía sueño. Me senté bajo el limonero del jardín. Sentía una paz inmensa, la que contrastaba con el activo ritmo de vida que llevaba en los

Estados Unidos. El tiempo aquí tenía un ritmo lento, la vida tenía otra razón: vivir.

—Gracias abuelo —murmuré—. Gracias por todo el amor que me mandás desde el cielo.

23

El divertido carnaval me recordó una de las pocas fiestas que celebrábamos en mi casa. En realidad, mis padres dedicaban poco tiempo a las fiestas porque trabajaban mucho. Pero el Día de Acción de Gracias, o *Thanksgiving,* como se le llama en los Estados Unidos, mis padres no podían trabajar aunque quisieran, pues todo estaba cerrado. Es uno de los días de fiesta tradicionales más importantes en el Norte, en que se da gracias a Dios por todo lo bueno recibido, cuando la familia y los amigos se reúnen para compartir los frutos de su trabajo, y para comer y tomar.

Ese día mis padres invitaban a las pocas amistades que teníamos al apartamento. Ellos venían con sus familiares, y casi siempre nuestro apartamento se llenaba de adultos y de niños. Mi madre cocinaba un gran pavo con una salsa especial muy rica, lo cual le tomaba todo el día, mientras que mi padre y yo hacíamos la limpieza. A eso de las cinco de la tarde empezaban a llegar los invitados con más comida, vino y cerveza. Cuando mi padre ponía la música a todo volumen, la fiesta empezaba.

Durante la fiesta yo me encerraba en el dormitorio. Desde allí escuchaba las cumbias de siempre, favoritas de mi madre, de mi padre y de los invitados. Escuchaba las explosivas carcajadas causadas por los chistes sobre el famoso Pepito, niño travieso que se las sabía todas; eran chascarrillos que yo había escuchado en casa repetidas veces, pero que no encontraba cómicos.

Tal vez los invitados creían que yo era un muchacho extraño, pero la verdad era que por más que yo tratara de participar en la fiesta, se me hacía bastante difícil. Los temas de conversación me parecían ajenos: la situación política y social del país de origen, el dinero que mandaban a sus familiares, historias de su pueblo, y muchos otros temas de los que yo no sabía mucho y me importaban poco. La razón era que me sentía bastante alejado de todo eso, aunque a veces me esforzara sinceramente en participar en la conversación.

Y es que yo vivía en dos mundos: el de mi casa y el de la escuela. Uno, el de mis padres y todo lo que se relacionaba con sus raíces, su lengua española y su cultura. Otro, el mundo en que yo me desarrollaba: la escuela, los amigos, el idioma inglés, la televisión, la música, los deportes; es decir, la cultura estadounidense, que era muy diferente al mundo de mis padres.

El cuerpo de mis padres estaba en los Estados Unidos, pero su corazón estaba en su patria. Yo estaba de cuerpo y corazón en el país norteamericano, pero cuando llegaba de la calle a la casa, el mundo de mis padres no dejaba de afectarme y entonces yo me sentía como si entrara en un espacio extraño.

A veces ellos me obligaban a participar en la fiesta, sacándome del dormitorio a la fuerza y haciéndome bailar la famosa cumbia. Yo trataba de bailar para complacerlos, pues tampoco me gustaba contradecirlos porque eran mis padres y los quería mucho, y sabía muy bien que ellos hacían todo lo posible por darme lo mejor.

Mi madre me hacía bailar con ella. Ella bailaba muy bien, pero a mí no me salía ni un sólo paso por mucho que tratara. Un saltito por aquí, otro saltito por allá. Imposible. Había algo en esa música que no me inspiraba a bailar, y mis pasos salían torpes. "Algún día voy a aprender a bailar esa maldita cumbia", pensaba con frustración.

Mientras la música retumbaba en el apartamento y todo el mundo bailaba al ritmo de "Cumbia, sabrosa cumbia", yo aprovechaba para escurrirme al dormitorio, cerrarlo con llave, encender la televisión y ver jugar a los Oakland Raiders.

Claro está, la cena no me la perdía por nada del mundo, hasta ahí no llegaba mi torpeza. Cuando servían la cena, yo era uno de los primeros en sentarme a la mesa. Después que mi padre rezaba una larga oración en que mencionaba a todos los miembros de la familia, vivos y muertos, él mismo cortaba y servía grandes porciones de pavo con la sabrosa salsa. Yo me las ingeniaba para poner en el mismo plato arroz, frijoles (nunca faltaban los frijoles), y ensalada de papas. Ah, y tortillas. Todo eso acompañado de un vaso de horchata. Después, el postre: una gran porción de rico pastel de budín. Esa era mi parte favorita de la fiesta. La sabrosa comida eliminaba mis problemas de identidad. En la mesa todos éramos iguales.

Terminada la comida, más cumbia para todos, y más fútbol para mí.

—Cumbia, sabrosa cumbia . . .

—*¡Touchdown!*

Así se celebraban las fiestas en mi casa.

24

Me despertó la voz de mi tía que me invitaba a desayunar. Le pedí que comiéramos en el jardín y ella accedió de buena manera.

—A mí también me encanta el jardín —dijo—. Es acogedor.

—Aquí dormí anoche.

—¿En el jardín?

—Sí.

—¿No te dio miedo? —me preguntó.

—No. Nunca había dormido en una hamaca, al aire libre.

—Es muy sabroso.

—Como si a uno lo mecieran los ángeles —le dije.

El desayuno estaba delicioso.

—Hablando de ángeles —dijo ella—. ¿Viste qué linda estaba Flor de Ángel anoche?

—Lindísima —contesté, y no pude contener una sonrisa.

—¿Te gusta?

—Es una chica bonita.

—También es muy inteligente. Y tiene un carácter fuerte y decidido.

—Creo que estoy enamorado —dije casi sin pensarlo.

—Se te nota —dijo mi tía sonriendo.

—¿Por qué? —quise saber—. ¿Cómo luce una persona enamorada?

—Cuando estás junto a Flor de Ángel, no tenés ojos para nadie más que ella.

—Es cierto. Estar a su lado me hace tan feliz. ¿Es eso bueno o malo?

—Es natural.

—Dispense tía mi abuso de confianza, pero quiero preguntarle qué debo hacer. ¿Qué me aconseja?

—¿Sobre qué?

—Sobre mi amor por Flor de Ángel.

—Si ella está de acuerdo, no hay nada más de qué hablar. Toma dos para amarse —me dijo.

Yo sentía mucha confianza en mi tía, pero aún no la necesaria como para repetirle las palabras que Flor de Ángel me había dicho esta madrugada: "Si te vas, me voy con vos", las que todavía resonaban en mis oídos como una declaración de amor.

Terminamos de comer y mi tía me hizo la pregunta inevitable:

—¿Y cuándo regresás a los Estados Unidos?

No contesté de inmediato y ella captó mi indecisión. En un tono amable, me dijo:

—No creás que te estoy echando. Te podés quedar todo el tiempo que querrás. Para mí es un gran placer que vos estés aquí. Esta es tu casa.

—Muchas gracias, tía. Me siento feliz aquí —dije después de suspirar—. Me encanta esta tierra y su gente. Es maravillosa, tal y como decía el abuelo. Hasta la misma vida se vive y se siente diferente aquí.

—No somos ricos en dinero, pero tampoco somos pobres de espíritu. Por eso no entiendo cómo tanta gente puede olvidarse de esta tierra, irse lejos y nunca más volver. Claro, aquí no tenemos las comodidades de los países ricos, pero vivimos la vida con intensas ganas de vivir, porque la vida es lo único que tenemos.

—También hay mucha pobreza —dije—. Anoche, en el carnaval, vi muchos pordioseros, muchas mujeres y niños pidiendo limosna para comer, mientras que otros gozaban de la vida. Eso no me parece justo.

—Tenés razón —dijo alguien a nuestras espaldas.

Era Flor de Ángel, cuyo rostro emanaba luz.

Me puse de pie.

—Buenos días.

—Buenos días —dijo ella y le dio un beso a mi tía, quien la invitó a tomar asiento.

—¿Querés tomar algo? ¿Una taza de café?

—Muchas gracias, no se moleste. Sólo venía a ver si su nieto quería ir a pasear al centro de la ciudad.

—Buena idea —apoyó mi tía—. Allí hay lugares muy bonitos.

—Yo, encantado —dije—. Me gustaría conocerlos.

—Vamos entonces —dijo Flor de Ángel.

Nos despedimos de mi tía y fuimos a pasear al centro.

25

El día era precioso. Había un cielo azul nítido, brisa fresca, tibio sol. Flor de Ángel irradiaba encanto y energía. Cada uno de sus movimientos tenía la cadencia y la gracia propias de una bella muchacha.

—Sos muy bonita —le dije.

Ella sonrió de felicidad.

—Gracias. Vos también sos muy guapo.

—Gracias. No lo sabía.

—¿Nadie te lo había dicho?

—Nadie.

—¿Ni tu novia en los Estados Unidos? —me preguntó.

—No tengo novia.

—¿Por qué?

—Porque nunca antes ni siquiera pensé en eso.

—¿Con tanta muchacha bonita con cara de actriz de *Hollywood* que hay por allá?

—Ninguna es tan bella como vos —le dije mirándola a los ojos.

—Mentiroso.

—Es cierto.

Caminamos hacia el centro de la ciudad, donde ya empezaba la actividad comercial en tiendas, almacenes y ventas ambulantes. Visitamos los puntos importantes. Almorzamos al aire libre en el mercado, y por la tarde

fuimos al parque de bellos jardines alrededor de una iglesia antigua. Nos sentamos en una banca a la sombra de los
árboles en un lugar tranquilo y agradable.

Al poco rato, una señora en andrajos acompañada de un
niño se acercó a pedirnos limosna. Puse en sus manos unas
monedas, y ella se alejó agradecida.

—He notado que aquí hay bastantes pordioseros
—comenté a Flor de Ángel.

—Hay mucha miseria y poco trabajo —me dijo—. La
riqueza está en manos de unos pocos.

—Ahora entiendo muy bien por qué mis padres emigraron.

—Por eso mismo emigró también tu abuelo.

—Y tus padres, ¿cómo están? —le pregunté.

Su rostro pareció nublarse un tanto.

—Perdón —dije—. No era mi intención hacerte preguntas indiscretas.

—Está bien —dijo ella—. Es que casi nunca me pre-
guntan eso.

—Hablemos de otra cosa.

—No, está bien, voy a darte una respuesta. ¿Cómo
están mis padres? Bueno . . . para empezar, mi padre murió
en la guerra civil, y mi madre quedó viuda con tres hijos.
Para mantenernos, ella tuvo que irse a la capital a trabajar
de cualquier cosa. Mi hermana, mi hermano y yo nos
quedamos con mi abuela, más bien a la buena de Dios,
porque ella se la pasa todo el día en la iglesia. A pesar de
los sacrificios de mi madre por darnos una vida decente, mi
hermano dejó la escuela y ahora trabaja en lo que puede,
que no es mucho. Se ha convertido en un completo
vagabundo. Mi hermana mayor sólo tiene dieciocho años y

ya tiene dos hijos de diferentes padres.

—Y vos, ¿qué deseás ser en la vida?

—No lo sé. Sólo sé que no quiero vagar como mi hermano ni tener hijos sin padre como mi hermana. De eso estoy segura. Puedo conseguir trabajo en las maquiladoras, pero eso sería permitir que me abusen. Una prima mía trabaja allí. Dice que sólo le permiten tres minutos al día para ir al baño, y cuando se pasa le descuentan el tiempo de su salario. Aunque trabaja duro seis días a la semana, no tiene ningún derecho ni beneficio laboral, y la pueden despedir bajo cualquier excusa.

—Ahora comprendo por qué me dijiste "Si te vas, me voy con vos". Y yo en mi inocencia creí que se trataba de una declaración de amor —le confesé sonrojándome.

—Lo es —dijo ella con una sonrisa—. Es una declaración de amor y de esperanza. Aprendí de mi padre a tener fe. Él murió porque tenía fe en que el mundo iba a cambiar. Yo tengo fe en que las cosas cambiarán. Vos sos mi amor y mi esperanza para el futuro.

Flor de Ángel hablaba con mucha seguridad de sí misma, con mucha madurez a pesar de su juventud, lo cual hacía de ella una muchacha muy especial, además de bella. Entre más la conocía, más me impresionaba.

—Yo pensaba quedarme —dije.

Ella guardó silencio.

Tomé una de sus delicadas manos entre las mías, y le dije:

—Todo parece indicar que yo debo regresar a los Estados Unidos, y que vos deseás venir conmigo.

—Así es —dijo ella apretando mis manos con las suyas.

—Para mí es fácil regresar porque tengo boleto de avión, pasaporte y residencia legal en los Estados Unidos.

—Yo, al contrario, no tengo nada de eso. Pero puedo averiguar cómo conseguir el pasaporte, para empezar, y ya verás cómo encontraremos la manera de lograr el resto.

Lo dijo con tanta determinación que me convenció de que lo conseguiría. Continuamos el paseo. Llegó el atardecer, y el ocaso fue un verdadero evento. El cielo se llenó de celajes y el pueblo entero se pintó de anaranjado, mientras el sol se escondía despacio, tras la montaña, como si bajara la cortina del día para cederle el paso a la noche.

Cuando el sol se escondió por completo, acompañé a Flor de Ángel a su casa, donde nos despedimos con un delicado beso.

—Gracias por el paseo —le dije.

—Gracias por la esperanza —dijo ella.

—Buenas noches.

—Hasta mañana.

—Adiós.

26

Mi tía me esperaba con la cena servida, acompañada de un visitante de aspecto respetable. Ella me lo presentó:

—Sergio, éste es Moisés, un antiguo amigo de tu abuelo.

Yo me adelanté a estrecharle la mano.

—Vos quizá no me recordás —dijo—, pero yo te conocí cuando eras un niño. Tu abuelo y yo fuimos amigos de grandes aventuras. Juntos fuimos a trabajar en la construcción del Canal de Panamá.

Moisés era agradable y de una actitud resuelta. Me recordaba mucho al abuelo.

—Vengan a comer —pidió mi tía—. La cena está servida.

Nos sentamos a la mesa y, mientras comíamos, tuvimos una charla muy amena. Moisés tenía mucho que contar y mi tía y yo lo escuchábamos con atención. Ella comentó:

—Moisés se dedicaba antes a llevar gente a los Estados Unidos.

—Sí —dijo él—. No era un trabajo fácil, pero era bastante divertido.

—¿Divertido? —se admiró mi tía—. Yo diría que peligroso. Yo no me atrevería a hacer ese viaje.

—Hay que saber cómo hacerlo —dijo Moisés—. Hay rutas seguras. Yo puedo decir con mucho orgullo que nunca abusé de nadie, y que ninguno de mis clientes se perdió o murió en el camino. Todos llegaron a su destino a salvo y sin que la Migra les diera problemas.

—Se ve que tiene gran experiencia en eso —le dije—, y que trataba bien a la gente. Mis padres tuvieron mala suerte.

—Conozco la historia de tus padres —dijo Moisés—. Yo estaba supuesto a llevarlos a ellos al Norte, pero me enfermé y se fueron con otro guía que no conocía muy bien el trabajo.

—¿Por qué ya no se dedica a eso? —le pregunté

—Es que ya estoy muy viejo para eso. Uno de mis últimos clientes fue tu abuelo. Ahora me dedico a la crianza de cerdos. Es una ocupación tranquila. Los cerdos no me complican la vida y me dan de comer.

Terminamos de cenar y Moisés se levantó.

—Gracias por la cena —dijo—. Estuvo deliciosa. Debo irme a casa y acostarme temprano, porque los cerdos son madrugadores y hay que atenderlos.

Moisés se dirigió a mí:

—Qué gusto verte tan crecido y hecho todo un muchacho. Ya sabés que me tenés a la orden para cualquier cosa.

—Muchas gracias. Es un placer conocerlo. Usted me recuerda mucho a mi abuelo.

—Nos llevábamos muy bien. Era un hombre hecho y derecho.

Moisés abrazó a mi tía, me estrechó la mano y se marchó.

—Buenas noches.

—Buenas noches.

Le ayudé a mi tía a limpiar la mesa y a lavar los platos. Después fuimos al jardín a continuar platicando.

—¿Paseaste con Flor de Ángel?

—Sí. Caminamos y hablamos bastante. Me contó la historia de su vida —le dije, acordándome de la triste suerte que le tocó a la familia de Flor de Ángel.

—Ella es una chica muy lista, pero aquí no tendrá futuro. Es una verdadera lástima que su inteligencia se desperdicie. Aquí no se encuentran buenas oportunidades si no se conoce gente influyente. Los pobres sólo podemos aspirar a vivir a medias. Flor de Ángel se merece más que eso.

—Ella quiere irse a los Estados Unidos —comenté.

—Lo sé —dijo mi tía—. Yo misma le he aconsejado que busque la forma de hacerlo.

—Se quiere ir conmigo.

—No es mala idea.

—Para mí es fácil regresar porque tengo el boleto de avión reservado y mis documentos están en orden. Pero ella no tiene nada de eso.

Mi tía estuvo pensativa por un momento, luego se le ocurrió una idea.

—Andate vos por avión y ella que viaje por tierra con uno de tantos grupos que salen de aquí a diario. Luego se pueden encontrar en Estados Unidos. Creo que es la solución, ¿no te parece?

—El viaje por tierra es peligroso —dije preocupado.

—Flor de Ángel es inteligente.

—Pero necesita protección.

—El guía y los otros viajeros la protegerán —me aseguró—. Y allá vos la podés ayudar a establecerse. ¿Sabés quién los puede aconsejar en eso?

—¿Quién?

—Moisés.

—Buena idea, tía. Mañana mismo consultaremos con él.

Seguimos hablando de muchas otras cosas en aquel agradable jardín, hasta que se hizo tarde y nos tuvimos que ir a dormir.

La preocupación por el futuro de Flor de Ángel no me dejaba cerrar los ojos. De pronto se me ocurrió una idea que al principio me parecía absurda pero que entre más lo pensaba se volvía razonable, y eso al fin me permitió conciliar el sueño.

27

La mañana siguiente me levanté temprano y, después de desayunar con mi tía, fui a la casa de Flor de Ángel. Ella había salido, y su abuela no estaba segura cuándo regresaría. Le pedí a la señora que le dijera a Flor de Ángel que yo volvería en un par de horas. Mientras tanto, aproveché el tiempo para visitar a Moisés, a quien encontré ocupado dándole de comer a los cerdos, con la ayuda de Flor de Ángel. Ella y yo nos sorprendimos de encontrarnos allí, y nos dimos un suave beso.

—Veo que ya se conocen —dijo el viejo sonriendo.

—Sí, desde hace unos días —comentó ella.

Observé un grupo de cerdos, y dije:

—Se ven muy saludables.

—Los cerdos están tranquilos siempre y cuando tengan qué comer. Ésa es su única preocupación: comer y engordar.

Moisés lanzaba comida a los animales. Se detuvo por un momento, y me preguntó:

—¿Qué se te ofrece muchacho? Imagino que no has venido sólo para hablar de cerdos con este viejo. Algo más has de traer entre manos.

—Venía a consultarle un asunto, pero no sé si Flor de Ángel ya lo ha hecho.

—Sí —dijo ella—. De eso estábamos platicando precisamente.

—Ya le di mis indicaciones —dijo Moisés—. Para conseguir el pasaporte, el guía y el dinero. Creo que todo se puede conseguir en una semana.

—Me preocupa la seguridad de Flor de Ángel —dije—. Sé que el viaje por tierra puede ser bastante peligroso.

—Si se hace con un guía experimentado es bastante seguro, se corren menos riesgos —dijo Moisés.

Luego expresé la idea que se me había ocurrido anoche:

—Yo acompañaré a Flor de Ángel.

Ella me miró sorprendida.

—Pero tus papeles están en orden para regresar por avión —dijo—, y tenés residencia legal en los Estados Unidos. No hay necesidad de que te expongás al peligro.

—Flor de Ángel tiene razón —intervino Moisés—. No debés tomar riesgos innecesarios.

—Es mi decisión —dije—. Así Flor de Ángel no irá sola.

Ella sonrió de felicidad y se echó en mis brazos.

—Con vos a mi lado me sentiré más segura. Te agradezco que me acompañés.

—Bien —dijo Moisés—. Tengo entendido que en una semana saldrá el próximo viaje. Vayan a apuntarse hoy mismo, así tendrán suficiente tiempo para que se preparen.

Nos despedimos del viejo. Flor de Ángel se mostraba muy contenta.

—Éste será el viaje de mis sueños —dijo emocionada, al tiempo que caminábamos por el pueblo.

Seguimos las instrucciones de Moisés y nos apuntamos en el próximo viaje. Nos dijeron que debíamos pagar al menos la mitad del costo total el día de salida, o todo, dependiendo del arreglo bajo el cual pudiéramos viajar.

Luego fuimos a comunicarle la noticia a la abuela de Flor de Ángel y a mi tía. Ambas se mostraron satisfechas de que yo la acompañara.

Pasamos toda la semana haciendo los preparativos. Sobre todo consiguiendo el dinero para pagar el viaje de Flor de Ángel, el cual logramos reunir tomando prestado de varias personas.

Por última vez paseamos por los puntos de interés del centro, todo lo cual hacía que el cariño entre Flor de Ángel y yo aumentara. El viaje se había convertido en el tema de cada día, porque para nosotros representaba una gran aventura.

Escribí una larga carta a mis padres explicándoles mis planes para regresar. Comprendí que ellos no los verían con buenos ojos y pensarían que me había vuelto loco. Les expliqué que viajaría por tierra para acompañar a Flor de Ángel, que ella era mi novia, y que esperaba que comprendieran mi preocupación por su seguridad. Yo estaba seguro de que todo aquello los iba a sorprender, así como a incomodar.

Había cumplido la misión de enterrar al abuelo en su tierra, y ahora sentía que mi deber era acompañar y ayudar a Flor de Ángel a entrar en los Estados Unidos para que sus sueños de una vida mejor se hicieran realidad. Ya imaginaba la frustración que la carta causaría a mi padre. Sólo esperaba que mi madre me comprendiera y que intercediera en mi favor como siempre lo había hecho.

Le mandé también una carta a la trabajadora social para ponerla al tanto del entierro del abuelo y contarle sobre Flor de Ángel y mis nuevos planes de regresar por tierra en compañía de ella.

28

Este día recibí una carta de la trabajadora social, en la que me escribía con un gran optimismo porque finalmente la construcción de la nueva escuela Belmont había sido aprobada. La amable mujer me enviaba un par de recortes de periódicos de Los Ángeles que explicaban los detalles del caso.

La noticia me alegró mucho, y sólo esperaba que esta vez no aparecieran nuevos problemas, pues la construcción había sido suspendida dos veces. Primero descubrieron gases tóxicos en el terreno, luego una falla sísmica que pasaba por algunos edificios ya construidos y, debido a que no se podía determinar si la falla estaba activa, las autoridades decidieron cancelar el proyecto por segunda vez.

Según los recortes de periódico, el proyecto Vista Hermosa, como se bautizó el plan, fue aprobado por la mayoría de los miembros de la junta directiva del Distrito Escolar Unificado de Los Ángeles.

Hasta entonces la construcción había tomado seis años, a un costo de 175 millones de dólares. Calculaban que la nueva fase se completaría en cuatro años y costaría 111 millones de dólares más. Si la edificación se lograba terminar, tomaría un total de diez años a un precio aproximado de 286 millones de dólares, lo que convertiría a la nueva

Belmont en la escuela pública más cara de los Estados Unidos.

La nueva escuela secundaria alojaría 2,600 estudiantes, y sus edificaciones incluirían un parque, un auditorio, una cafetería, una biblioteca y dos centros de actividades, uno para los padres de familia y otro para los estudiantes. La biblioteca y el parque se abrirían al público. El parque tendría un lago, una cancha de fútbol, un teatro al aire libre y áreas de paseo.

Imaginaba que los estudiantes, profesores y padres de familia estarían muy contentos, pues al fin tendríamos una escuela nueva, la cual, entre muchas cosas positivas, levantaría el espíritu de los jóvenes y de la comunidad.

Los periódicos reportaban reacciones bastante positivas: "Hemos estado esperando por más de veinte años una buena escuela. Qué bien que finalmente la tendremos", afirmaba uno de los muchos vecinos que habían convencido a los miembros de la junta directiva del Distrito Escolar de que la crítica necesidad de la escuela era mayor que los problemas ambientales del terreno en que sería construida. "Esto viene a hacer realidad las promesas de una buena educación, de justicia social, igualdad y oportunidades para todos", decía otro vecino.

En ese mismo momento le mandé una tarjeta postal a la trabajadora social para saludarla y agradecerle la noticia, y para felicitarla por sus esfuerzos, ya que ella era una de las personas que se había interesado personalmente en instigar a los estudiantes y padres de familia para que se interesaran en aquel proyecto y que fueran a las reuniones donde se discutía si la construcción de la nueva escuela debería con-

tinuar. Aquella mujer era un verdadero ejemplo de abne-
gación. Siempre estaba presente en las reuniones con los
líderes políticos para asegurarse de que los intereses de los
estudiantes no fueran olvidados.

29

Cuando desperté al otro día me encontraba solo en casa de mi tía, pues ella había salido a hacer unos mandados. Yo aproveché el tiempo para preparar las cosas del viaje. El guía nos había indicado que en un maletín pequeño acomodáramos un pantalón, una camisa, y las cosas para el aseo personal. Eso era todo. Sólo debíamos llevar lo más necesario.

De repente, la casa se empezó a sacudir con violencia y a moverse de lado a lado como si fuera un barco balanceándose sobre aguas agitadas. Escuché un ruido extraño mezclado con un zumbido que me crispó los nervios.

En ese instante sólo deseaba salir de la casa y correr, pero no podía porque el terror me había congelado las piernas, y mis pies parecían estar pegados al piso que no paraba de moverse.

Las cosas empezaron a caer al suelo: los libros, los estantes, los platos, las ollas. Me entró una gran desesperación cuando escuché a los vecinos que gritaban "¡terremoto!"

Creí que la casa se iba a derrumbar y me caería encima, pues mi cuerpo continuaba paralizado por el miedo. En ese instante sentí como que algo me tomaba de la mano, me halaba y me guiaba hacia la salida. No dudé que en el momento más crucial el abuelo había venido a rescatarme.

Cuando por fin logré salir a la calle, me encontré con muchas personas que, como yo, eran presas del pánico. Pero me di cuenta de que allí también había peligro. El terremoto había aumentado su intensidad, meciendo los postes del alumbrado eléctrico y haciendo que los cables se vinieran abajo.

Aquello estaba sucediendo con rapidez, pero el terror hacía que los segundos duraran mucho más de lo usual. Todo temblaba, dando la impresión de que el mundo se derrumbaba.

Pensé huir, pero luego decidí regresar a la casa. En ese momento el movimiento se calmó y la tierra quedó inmóvil, aunque el miedo general aún continuaba. Me uní a los vecinos, quienes lloraban de la desesperación, y lloré con ellos. Alguien gritaba que era el fin del mundo, y un niño preguntaba a gritos que dónde estaba su madre. Por otro lado una mujer suplicaba que no quería morir.

Hasta ese momento, preocupado por mantenerme a salvo, me había olvidado por completo de mi tía y de Flor de Ángel, y le pedí a Dios que las mantuviera fuera de peligro.

De entre la muchedumbre confusa de vecinos arremolinados en la calle salió Flor de Ángel, y sólo entonces recobré un poco la serenidad. Su bello rostro estaba marcado por la preocupación. Llegué a ella y la abracé.

—¿Estás bien? —le pregunté.

—Sí, gracias a Dios —dijo.

—¿Y tu familia?

—Todos están fuera de peligro. En mi vecindario se derrumbaron varias casas, pero la nuestra por suerte está intacta.

—Aquí el temblor fue terrible. Me sorprendió en la casa y creí que el techo y las paredes me iban a caer encima.

—¿Y tu tía?

—No sé dónde está —le dije—. Salió a hacer unos mandados y no ha regresado.

—¡Aquí estoy! —se escuchó el grito de mi tía.

Flor de Ángel y yo corrimos a abrazarla.

—Es increíble lo que ha pasado —dijo, asustada—. Vecindarios enteros se han venido al suelo.

De pronto tembló de nuevo, y el terror volvió a apoderarse de nosotros. Cuando el movimiento hubo cesado, los tres nos abrazamos, más que todo para consolarnos mutuamente.

—Hay mucha gente que necesita ayuda —anotó Flor de Ángel—. Voy a recorrer el pueblo para ver en qué puedo ayudar.

—Buena idea —dije—. Yo te acompaño.

Pero en eso pensé en mi tía.

—Esperá un momento, sólo quiero acompañar a mi tía a su casa.

—Espero que no se haya derrumbado —dijo ella.

Sin ningún temor, Flor de Ángel entró en la casa de mi tía y la seguimos.

—Se han caído muchas cosas al suelo —dijo—. Pero la casa parece estar en buenas condiciones.

—Bendito sea el Señor —agradeció mi tía—. Se ve que está bien construida. Ahora que venía del centro vi que se habían derrumbado varias casas nuevas.

Recogimos las cosas y las ordenamos. Una vez que todo estaba arreglado y en su lugar, mi tía quiso escuchar las noticias.

—El televisor no enciende —se quejó—. Tampoco la radio.

—Es que con el terremoto se fue la luz —confirmó Flor de Ángel.

Era ya mediodía cuando Flor de Ángel y yo salimos a recorrer el vecindario con el fin de prestar ayuda a los menos afortunados. Ciertas partes del pueblo eran verdaderas escenas de devastación. Muchas casas se habían desplomado y la gente trataba de rescatar algunas posesiones de las ruinas. Los que podíamos nos entregamos a sacar gente de los escombros y a asistir a los heridos.

Antes del atardecer fuimos a asegurarnos que la familia de Flor de Ángel estuviera bien, y luego regresamos a la casa de mi tía. Ya había electricidad, y ella estaba viendo con asombro las imágenes de los estragos del terremoto que mostraba la televisión.

Al principio, muchos creyeron que se trataba de simples temblores, los cuales son comunes en este país al que llaman "El valle de las hamacas". Nadie se imaginaba que había sido un gran desastre. En un abrir y cerrar de ojos, aquella tierra de encanto y color había sido invadida por la tragedia.

Las noticias anunciaban que en la mayor parte del territorio nacional no había agua, electricidad ni teléfono. La gasolina estaba agotada. El comercio había cerrado. A todo el mundo le embargaba la desesperación de sentirse aislado, y de no saber en qué situación se encontraban sus familiares en otras partes del país. Había que resignarse a rezar, y a esperar.

Desde ese momento nada fue igual. Se empezó a vivir un intenso miedo general, el que se profundizaba cuando temblaba de nuevo. Con cada mínima sacudida de la tierra la gente se quejaba y corría. Temblores de diferente intensidad se habían sentido durante el resto del día y continuaron de la noche hasta la madrugada. No se podía descansar en paz. Era preferible dormir en la calle, en las aceras, en los parques.

Traté de comunicarme con mis padres en los Estados Unidos, pero las líneas telefónicas estaban ocupadas. Ya me imaginaba su preocupación, y eso era lo que más me incomodaba, por lo que hice todo lo posible por establecer comunicación con ellos, pero fue en vano. Me imaginé que estarían esperando mi llamada con mucha ansiedad. Pensé que en igual situación se encontrarían miles de personas, tratando día y noche de comunicarse con sus familiares. No había otra alternativa que esperar a que las líneas telefónicas se desocuparan. Tenía una sensación de impotencia, aislamiento y temor. En esos tristes momentos, la compañía de mi tía y de Flor de Ángel era mi único consuelo.

30

Al día siguiente por fin logré hablar por teléfono con mis padres. Mi madre contestó de inmediato y lanzó un grito cuando escuchó mi voz.

—¡Hijo mío! ¿Cómo estás? ¿Dónde estás? ¿Estás bien? ¿Por qué no nos habías llamado?

—Perdón, mamá, no era mi intención hacerla sufrir, pero es que las líneas han estado ocupadas desde ayer. No había podido llamar.

—¿Y cómo estás? —dijo mi padre desde el otro teléfono—. ¿Te sucede algo?

—No, gracias a Dios estoy bien —quise aclarar de inmediato—. No me pasó nada. Tampoco a mi tía. Su casa no se cayó. Pero muchas partes del país han sufrido grandes daños y ha muerto mucha gente.

—Sí —dijo mi madre—, aquí están pasando reportajes completos sobre el terremoto. Es muy triste lo que ha pasado. Pobre país. Parece que hasta Dios se ha olvidado de esa gente miserable.

—No ha parado de temblar —dije—. Es más, en este momento está temblando.

Inmediatamente me arrepentí de haber dicho aquello, pues mi madre reaccionó con un grito de terror.

—¡Hay Dios mío! ¡Qué terrible!

—¡Buscá un refugio seguro! —dijo mi padre.

—Ya pasó —les aseguré—. Así como este temblor han habido muchos, por eso la gente prefiere dormir en la calle.

—Cuidate bien para que no te suceda nada malo —dijo mi madre—. Voy a encender una velita a San Martín de Porres para que te proteja.

—Hay mucha gente que necesita ayuda de emergencia —dije.

—Aquí en Los Ángeles se están organizando varios grupos para reunir ayuda y mandarla de inmediato —aseguró mi padre.

—Dios quiera que reúnan mucha, porque se necesita.

Por fin pude convencer a mis padres de que me encontraba fuera de peligro. Ellos se sintieron un tanto satisfechos y nos despedimos. Aunque a decir verdad, las cosas no se presentaban muy seguras. El país estaba en estado de emergencia. Aproveché la llamada telefónica para decirles que por correo les había enviado una carta en que les explicaba en detalle el cambio del plan de mi regreso a los Estados Unidos, y que estuvieran atentos al correo para que la carta no se extraviara.

Los canales de televisión continuaban transmitiendo escenas de desolación y tragedia. Mi tía, Flor de Ángel y yo mirábamos el aparato con la boca abierta, sin poder creer las terribles imágenes. Las noticias también relataban el elevado número de personas traumatizadas que buscaban a sus seres queridos. Hombres y mujeres deambulaban por los refugios en busca de sus padres e hijos. Otros, al parecer desconcertados, iban de un lado a otro, cargando con las pocas posesiones personales rescatadas de las ruinas.

Mientras tanto, nuestro viaje hacia el Norte había sido cancelado debido a que varios puntos de la carretera estaban cubiertos de tierra y rocas por los derrumbes de las montañas a causa del terremoto. Se calculaba que saldríamos al menos con dos semanas de retraso, o hasta que abrieran los caminos.

A pesar del desastre, los habitantes se esforzaban por regresar a una vida normal. Enterraban a sus muertos y reparaban sus casas si era posible. Parecían estar acostumbrados a las calamidades, y no permitían que ningún terremoto derrumbara su amor a la vida. Eso era lo que más me impresionaba de aquella gente, la gente del abuelo, mi gente.

31

Cuando por fin abrieron las carreteras, nos comunicaron que pronto saldría nuestro viaje al Norte. El día de la partida, con lágrimas en los ojos me despedí de mi tía.

—Gracias por toda la felicidad que me has dado —dijo ella—. Nunca te olvidaré y espero que regresés pronto. Aquí tenés casa y una tía que te quiere mucho.

—Muchas gracias a usted, tía —le dije emocionado—. Nunca creí encontrar aquí una persona tan querida y llena de vida como usted.

Le di un beso en la frente.

—Adiós, tía.

—Adiós, hijo. Que Dios te bendiga.

Fui a casa de Flor de Ángel. Fui con ella a visitar la tumba del abuelo, y la adornamos con un ramo de flores. Le pedí al abuelo su bendición y protección en el viaje. Sentí una gran tranquilidad al saber que él estaba como lo deseó al morir: descansando en las entrañas de su patria adorada. Ahora era tiempo de que yo regresara a mi tierra adoptiva y llevara conmigo a Flor de Ángel.

La primera sorpresa del viaje fue encontrar a Moisés en el punto de salida.

—Gracias por venir a despedirnos —le dije.

—No —dijo—. No he venido a despedirlos sino a acompañarlos. Yo seré su guía.

—Eso me alegra mucho —dijo Flor de Ángel—. Pero tenía entendido que usted ya no se dedicaba a esto.

—Éste será mi último viaje. Quiero estar seguro de que ustedes lleguen sin problemas al Norte. Anoche soñé con tu abuelo y en el sueño él me pidió un gran favor. No estaba bien claro de qué se trataba, pero cuando desperté comprendí que me pedía que los protegiera en el viaje, y la única manera de hacerlo es que yo me haga cargo de llevarlos. Así que yo seré el guía de este grupo. Saldremos pronto.

Las veintisiete personas que integraban nuestro grupo nos llenamos de regocijo al oír la noticia, pues todos conocíamos la buena fama del viejo. Él era uno de los mejores guías en el viaje de indocumentados hacia los Estados Unidos.

Moisés revisó a cada uno de los viajeros para asegurarse de que vestíamos ropa oscura y zapatos cómodos para caminar, tal como se nos había indicado cuando nos apuntamos.

Sólo era permitido llevar una mochila o un pequeño maletín con un cambio de ropa. Flor de Ángel y yo habíamos pagado el costo del viaje por adelantado, a un precio especial por ser amigos de Moisés. En algunos casos se pagaba la mitad al principio y la otra la pagaba un familiar del viajero en los Estados Unidos antes que éste cruzara la frontera o antes que fuera entregado a sus familiares en el Norte.

Moisés indicó que subiéramos al autobús. Todo el mundo iba emocionado. Flor de Ángel y yo nos sentamos al frente. El vehículo se puso en marcha y cuando dejamos la ciudad, el viejo se puso de pie y habló en voz alta:

—Para empezar, quiero decirles que no se preocupen, que dejen todo en mis manos y que sigan mis instrucciones al pie de la letra, así todo saldrá bien. Yo sé que quieren llegar bien a los Estados Unidos, y para eso me han pagado. Estén seguros de que llegarán sin problemas. Eso sí, les pido que sigan mis indicaciones para que nadie se pierda o que no sufra un accidente.

Hizo una pausa y luego gritó:

—¿Entendidos?

Todos contestamos:

—¡Entendidos!

—Bien. Ya veo que van atentos. Excelente. Son buenos pasajeros. Ahora les indicaré la ruta que vamos a tomar. Conmigo no hay secretos. Quiero que todos sepan los detalles del trayecto. Y si tienen preguntas por favor háganlas sin pena.

Alguien comentó:

—Yo no hablo inglés.

—No es necesario que lo hable —dijo Moisés—. Nuestros contactos en los Estados Unidos hablan inglés perfectamente. Ellos se encargarán de todo.

—Muy bien, gracias —dijo el pasajero.

—Una parte de la ruta que llevaremos será por tierra —dijo Moisés—. Y otra parte será por mar. Y por último pasaremos un río.

—Yo no puedo nadar —dijo una señora.

—No se preocupe —dijo Moisés—. El mar lo cruzaremos en lancha, y el río no es hondo. Todo lo tenemos bien calculado para que no pasen peligros.

—¿Cuál es la ruta exacta? —quiso saber un hombre.

—Se las voy a explicar bien durante el camino —contestó Moisés—. Pongan atención cuando les explique algo. Nuestro primer objetivo es llegar mañana en la madrugada a Cahuites, un pueblo pesquero de Oaxaca.

—¿Dónde? —preguntó alguien.

—Oaxaca. Se escribe O-a-x-a-c-a y se pronuncia Uajaca. Eso queda en México —explicó Moisés—. O sea, que en la primera parte del viaje cruzaremos Guatemala y la frontera de México. Así que tenemos por delante veinticuatro horas de viaje en bus. Descansen, duerman y váyanse tranquilos.

32

Después de un largo trecho, el bus se detuvo en la frontera de Guatemala. Moisés nos indicó los papeles que debíamos llenar con la información adecuada para pasar la inspección de aduana y migración. Aprovechamos la oportunidad para usar los baños y comer. Al cabo de una hora abordamos el bus y nos adentramos en territorio guatemalteco.

—Ya pasamos la primera frontera —dijo Moisés—. Ésta es la más fácil. Luego vendrá la de México, que no es tan fácil pero tampoco es difícil.

Moisés regresó a su asiento, a la par de los que Flor de Ángel y yo ocupábamos.

—Éste es el mismo viaje en que tu abuelo se fue a los Estados Unidos —dijo—. Recuerdo que iba feliz, ansioso por llegar. Decía que a pesar de que ya había vivido bastante, sentía que ese país le iba a dar nuevas energías para vivir sus últimos años. Eso decía tu abuelo. Me invitó a que lo visitara en los Estados Unidos, pero yo siempre estaba ocupado y nunca lo hice. Es que en el tiempo de la guerra civil la gente se iba a montones. Los guías no éramos suficientes. La gente, en su desesperación, se iba con cualquier guía, aunque no tuviera experiencia. Éstos engañaban a la gente y la dejaban perdida en cualquier parte. Yo llevaba grupos de treinta cada diez días. Era un gran negocio.

—¿Y en estos tiempos? —preguntó Flor de Ángel—. ¿Emigra mucha gente?

—Siempre hay gente que se va a buscar suerte a otros países —le contestó Moisés—. Antes se iban por el temor de morir en la guerra. Hoy, por el temor de morirse de hambre.

—El abuelo no quiso regresar —dije.

—Eso era lo que se proponía. Él pensaba hacer una vida nueva en el Norte. Creo que lo logró, porque no regresó sino hasta que había muerto.

—Así es —dije.

Moisés se recostó en el asiento.

—Voy a cerrar los ojos un rato —dijo—. Tenemos un largo viaje por delante y hay que aprovecharlo para descansar.

—Bien, que descanse —le dije.

—Gracias.

Flor de Ángel observaba por la ventana el verde paisaje, con la mirada suspendida en la distancia. Tomé una de sus delicadas manos y la envolví con la mía. Ella me miró con sus grandes ojos negros. Su rostro estaba iluminado por una misteriosa sonrisa.

—¿En qué pensás? —le pregunté al oído. Sentí el roce de su delicado y perfumado cabello en mis labios.

—En vos —me dijo con cierta coquetería.

Aquella respuesta inesperada me incomodó un poco, y le pregunté:

—¿Por qué?

—Porque vos podías haber viajado por avión, rápido y cómodo, pero no sé por qué preferiste este autobús lento y bullicioso.

—Ah, pero voy en compañía tuya, y eso no tiene comparación —le sonreí

—¿Estás seguro?

—Claro que sí. Además, no quiero que te pase nada malo, y en algo puedo protegerte.

—No nos pasará nada malo. Recordá que viajamos con Moisés —me recordó.

—Bien, entonces tendremos un buen viaje en todo sentido.

—Dios quiera.

Continuamos platicando sobre muchas cosas de nuestras vidas. Me di cuenta de que Flor de Ángel no sólo era mi novia sino también mi amiga, pues podía hablar con ella de cualquier cosa y con toda confianza. Le hablé de la vida en los Estados Unidos, de mis padres, mis amigos, mi escuela, de la diferencia entre los dos países, la gente de allá, el idioma. Ella se mostraba muy interesada en todo eso y me hacía muchas preguntas.

Había anochecido y la calle oscura se iba iluminando por las fuertes luces del autobús. Los pasajeros iban en silencio y muchos de ellos dormían.

Horas más tarde, el motorista anunció que nos estábamos acercando a la frontera de México. Moisés nos despertó, nos indicó los papeles a llenar y qué debíamos contestar cuando nos preguntaran sobre la razón de ir a ese país.

—Tienen que decir que vamos en una excursión de paseo. A cada uno le daré esta hoja turística que muestra los puntos que supuestamente visitaremos, como Oaxaca, Acapulco, Puebla, Ciudad de México, Xochimilco y Guadalajara. También tienen que decir que trabajan para

Textiles Internacionales, S.A., y que esta excursión es un programa de la compañía para sus empleados. Todo eso está incluido en esta hoja turística: las partes que visitaremos y los hoteles en que estamos supuestos a alojarnos. Si alguno de ustedes tiene cualquier contratiempo, yo voy a estar circulando por allí por si me necesitan. Yo les explicaré todo sin ningún problema. ¿Entendido?

—¡Sí! —contestamos.

—Usualmente no hay problemas con las excursiones turísticas, pero a veces los pasajeros tienen miedo de hablar y se enredan. No tengan pena. Hablen. Y si necesitan ayuda, yo estaré cerca de ustedes. Recuerden que yo soy su guía turístico. Y yo me las arreglo con migración y con la aduana. Bueno, ya llegamos. Ahora bájense y síganme como si fuéramos en una excursión. Y no se me pierdan.

Todo salió como Moisés había indicado. Pasamos inspección, usamos los baños, compramos comida, y seguimos adelante. Cuando ya nos habíamos alejado de la zona fronteriza, Moisés se dirigió a los pasajeros:

—¿Ven qué fácil resultó? Eso se debe a que todos ustedes siguieron mis instrucciones al pie de la letra. Excelente. Ya estamos en México. Ahora vamos hacia Cahuites, el pueblo pesquero del que les hablé esta mañana. Llegaremos en la madrugada. Así que sigan durmiendo y cuando lleguemos a Cahuites les diré lo que vamos a hacer. Buenas noches.

33

Llegamos a Cahuites y el bus se detuvo en una calle desierta. El pueblo estaba a oscuras y en silencio. El motorista apagó las luces del vehículo mientras Moisés despertaba a los pasajeros.

—Espero que hayan dormido lo suficiente. Ahora les explicaré la próxima etapa del trayecto. Se han de acordar que les dije que parte del viaje lo haríamos por mar. Pues bien, ha llegado ese momento.

—¿Por qué hay que ir por mar? —preguntó una mujer.

—¿Viajaremos por barco? —preguntó un hombre.

—Buenas preguntas —observó Moisés de pie en el interior oscuro del bus—. La razón por la que iremos por mar en un corto trayecto es para evadir dos casetas de la policía que siempre dan muchos problemas a los que viajan hacia el Norte. Piden mucho dinero para dejar pasar, y eso haría el viaje demasiado caro. A veces arrestan a la gente y no la dejan libre hasta que no pague una buena cantidad de dinero. Entonces, para evitar todo eso, nos bajaremos aquí y tomaremos una lancha hacia el puerto de Salinas Cruz. Allá nos estará esperando el autobús que nos llevará a la frontera de los Estados Unidos. ¿Entendido?

—¡Sí! —contestamos.

—Bien. Entonces bajemos despacio, en orden y en silencio completo. Yo los llevaré al punto donde tomaremos la lancha.

Moisés se bajó y esperó. Cuando todos los pasajeros habíamos bajado del bus lo seguimos por caminos alumbrados por la luz de la luna, rumbo a la playa.

En un pequeño muelle esperaba un hombre, quien entregó a Moisés la llave de la embarcación que se balanceaba en el agua. Moisés le entregó al hombre unos billetes, y éste los recibió, marchándose sin decir una sola palabra.

Uno a uno fuimos subiendo a la lancha.

—Es pequeña —dijo un hombre.

—No se preocupen —dijo Moisés—. Es una lancha para cazar tiburones. O sea, que es fuerte y aguanta hasta con treinta personas. Pasen y acomódense como mejor puedan. Nadie debe ir de pie.

El viejo hizo una señal para que Flor de Ángel y yo esperáramos.

—Ustedes irán cerca de mí —dijo en voz baja.

Cuando todos los pasajeros estaban sentados, subió Moisés y luego Flor de Ángel y yo. Eran cerca de las tres de la madrugada cuando la embarcación inició la marcha.

—No nos alejaremos mucho de la playa. Sólo un par de kilómetros para que no nos detecten —nos informó Moisés.

—¿Cuánto dura el viaje? —preguntó un hombre.

—En dos horas estaremos en el puerto. Iremos despacio.

—Como que quiere llover —comentó alguien.

—Ya llovió —confirmó Moisés—. Por eso el aire todavía huele a lluvia.

Flor de Ángel temblaba del frío. Me acerqué a ella y la abracé para darle calor.

—El mar está un poco picado debido a la lluvia —dijo el viejo—. Agárrense bien para que no vayan a caer al agua. Tampoco saquen las manos de la lancha ni toquen el agua para no atraer a los tiburones.

Nos habíamos alejado bastante de la playa, mar adentro, al punto que ésta se veía borrosa en la distancia.

—Estaremos en Salinas Cruz justo cuando salga el sol —dijo Moisés—. Ése es el plan.

En ese momento Flor de Ángel lanzó un grito desesperado y señaló algo. Quise ver qué le causaba semejante terror, y en eso alcancé a distinguir una enorme ola que se acercaba como una inmensa montaña de agua.

—¡Agárrense bien a la lancha! —gritó Moisés.

Con una mano se aferró a mí y yo a Flor de Ángel. De inmediato fuimos envueltos por una fuerte corriente de agua que nos sacó de la lancha y nos arrastró en un torbellino confuso y violento, en que nuestros cuerpos giraban a toda velocidad y chocábamos unos con otros.

Cuando el agua se calmó y salí a la superficie, nadé hacia donde se encontraba Flor de Ángel, quien flotaba a unos metros de distancia de la lancha y de Moisés. Nos unimos a él y a otros pasajeros y, ayudándonos unos a otros, subimos a la embarcación. El viejo trató de encender el motor, el cual estaba atorado de agua, pero al cabo de varios intentos logró ponerlo en marcha. Luego quiso asegurarse de que todos los pasajeros estaban a bordo. Era obvio que faltaban algunos.

—¿Dónde está mi marido? —preguntó una mujer desesperada.

—No se preocupe que ya lo vamos a encontrar —dijo Moisés—. Circularemos la zona para rescatarlo.

—Allí vienen unos —dijo alguien.

En efecto, dos hombres nadaban hacia la lancha, y con nuestra ayuda subieron a bordo.

—Creí que los habíamos perdido —dijo un hombre. Señaló a la distancia y agregó: —Por allí están flotando los cuerpos de unos ahogados. Tal vez no sabían nadar y tragaron mucha agua.

Moisés dirigió la lancha al lugar indicado pero no encontramos a nadie. El agua era tan oscura que en ella no se distinguía nada. Contó los pasajeros y concluyó que faltaban tres, incluyendo el esposo de una de las sobrevivientes. La mujer imploraba que continuáramos buscando y así lo hicimos, sin éxito.

—Ya hemos buscado lo suficiente y nadie aparece —dijo Moisés—. Y debemos seguir adelante. Lo siento mucho por los perdidos, ha sido un terrible accidente.

La mujer tuvo la intención de tirarse al agua pero otros la detuvieron.

—Cálmese comadre —le dijo uno de los pasajeros—. Es posible que él haya sobrevivido y que las olas lo sacaron a la playa.

Moisés agregó:

—Cuando lleguemos al puerto me comunicaré con mis contactos en Cahuites y ellos me avisarán si lo han encontrado.

—Dios quiera que lo encuentren —dijo la mujer—. Porque sin mi marido ya no tiene sentido continuar el viaje. Nuestros sueños eran hacer una vida nueva juntos en los Estados Unidos y luchar por nuestros hijos. ¡Pero sin él ya no vale la pena!

Los pasajeros íbamos apiñados en la lancha, completamente empapados de agua, temblando del frío, asustados por el tremendo impacto de la gigantesca ola. Flor de Ángel y yo nos manteníamos abrazados para darnos calor en medio de aquellas aguas agitadas por un viento veloz y frío, cuyo silbido agudo semejaba un desesperado grito.

Nadie hablaba, porque en aquellos trágicos momentos las palabras carecían de sentido, o tal vez porque aún no salíamos del asombro de haber sobrevivido el brutal azote de aquella salvaje montaña de agua.

Moisés guiaba la lancha en silencio, con su mirada atenta sobre el mar traicionero.

La mujer de uno de los desaparecidos volvió a soltar el llanto y otra la consoló.

—Ya no llore, ya va a ver que cuando lleguemos al puerto tendremos noticias de su esposo.

—Primero Dios que así sea —dijo la mujer entre suspiros—. ¡Primero Dios!

Yo estreché una mano de Flor de Ángel, y pensé en el abuelo. Ella me acarició la cabeza con sus manos y yo le correspondí con un suave beso en la frente. En mi pensamiento escuché la voz del abuelo que me decía: "No te preocupés, querido nieto, que todo está bien. Ya están fuera de peligro".

La embarcación continuó la marcha sobre el mar, ahora en calma.

—Allá está el puerto de Salinas Cruz —dijo Moisés al tiempo que señalaba hacia un punto luminoso de la costa—. Pronto llegaremos.

—Que Dios bendiga a los que faltan —dijo una señora—. Ojalá hayan llegado vivos a la playa.

34

Desembarcamos en el puerto justo al amanecer. La mayoría de los viajeros habíamos perdido nuestras mochilas y maletines, y nos sentíamos bastante incómodos con la ropa y los zapatos empapados de agua salada.

Fuimos a un comedor donde nos prepararon un sabroso y abundante desayuno. Allí permanecimos un par de horas, esperando a que abrieran un almacén para comprar ropa. El dueño del almacén conocía a Moisés, y nos dio un descuento por todos los artículos comprados.

Por suerte aún teníamos dinero. Todos habíamos seguido las instrucciones para no perderlo, las que consistían en envolverlo en una bolsa plástica, atarla al cincho y esconderla por dentro del pantalón. Las mujeres debían llevar la bolsa plástica entre los senos, amarrada al brasier. Ésas eran las indicaciones para proteger el dinero y los documentos.

Después de habernos desayunado y puesto ropa nueva, los pasajeros habíamos recobrado el entusiasmo. Flor de Ángel recuperó la sonrisa que iluminaba su rostro, lo cual me hizo feliz. Estuve cerca de perder a Flor de Ángel en el mar, y no quise ni pensar en qué hubiera hecho si eso hubiera sucedido.

Moisés no logró comunicarse con sus contactos en Cahuites, y la mujer, desesperada por su esposo, decidió regresar en autobús al pueblo pesquero en busca de su ser amado. Todos le deseamos buena suerte. Moisés le devolvió el dinero del viaje, tanto el de ella como el de su esposo.

—Somos cuatro menos —dijo el viejo—. Pero hay que continuar el camino. Ahora debemos regresar al comedor. Síganme.

En el comedor nos sirvieron café y refrescos. El lugar estaba vacío; nosotros éramos los únicos clientes. Sospeché que aquel lugar era sólo para atender pasajeros que se dirigían a los Estados Unidos.

Moisés se levantó y dijo:

—Bueno, como pueden ver, ya hemos tenido una experiencia bastante fuerte y, gracias a Dios, hemos sobrevivido. En una hora nos recogerá el autobús que nos llevará a la frontera de los Estados Unidos. Son cuatro días de viaje. Pararemos en Guadalajara, Guaymas, Hermosillo y por último en Tijuana.

—¿Y cuándo vamos a cruzar la frontera de Estados Unidos? —preguntó una mujer.

—Ése es el paso final —contestó Moisés—. De eso hablaremos una vez que lleguemos a Tijuana. Yo les explicaré allá todos los detalles del caso. Por el momento, prepárense para ese viaje largo de cuatro días por el territorio mexicano. Vayan al baño, coman todo lo que quieran si todavía sienten hambre. Yo les avisaré cuando llegue el bus.

La gente se levantó y muchos fueron a usar los baños. Otros caminaban por el comedor y fumaban con nerviosismo, haciendo comentarios sobre la gigantesca ola que nos había sorprendido en el mar.

Moisés se acercó a Flor de Ángel y a mí, para platicar aparte de los otros pasajeros.

—¿Se sienten bien?

Flor de Ángel contestó que sí, pero que aún no se había repuesto del todo del susto en el mar.

—Cosa insólita —comentó Moisés—. Nunca me había sucedido algo parecido. Yo he surcado esa parte del mar más de cincuenta veces. La vez que traje a tu abuelo fuimos rodeados por un gran tiburón azul, pero la bestia no nos hizo nada y se alejó . . . Esa ola maldita era enorme. No nos ahogamos todos de pura suerte. De milagro tampoco se hundió la lancha. Me siento muy mal por los tres desaparecidos.

—Yo creo que alguien nos protege a nosotros desde el cielo —dije—. Estoy seguro que es el abuelo.

—Sí, alguien que nos quiere mucho —dijo Flor de Ángel—. Porque de otra manera ya estuviéramos en el fondo del mar.

—Pobre mujer la que perdió a su esposo —dije—. Está destruida.

—Y ¿quién no? —dijo Moisés—. Venía llena de grandes sueños, y en cosa de minutos se los tragó el mar.

Cuando la gente regresó, Moisés se dirigió a todos de nuevo:

—Ya pronto vendrá el bus y quiero decirles que, aunque va para Tijuana, no sólo es para nosotros. Es decir que en este bus viaja gente que viene con otros guías de puntos diferentes del que venimos nosotros. Pues, para serles franco, aquí en el puerto de Salinas Cruz desembarca gente de todas partes del mundo que, como ustedes, busca entrar en los Estados Unidos de forma indocumentada. No sería de extrañar que en ese bus nos juntáramos con chinos, hindúes y hasta con europeos, ya no digamos con gente de América Latina, y sobre todo de México. Así que compartiremos el bus con otros viajeros, pero todos llevamos el mismo destino . . .

Luego señaló:

—Allí parece que llegó el bus. Así que estemos listos a abordarlo. No se les olvide estar atentos a mis instrucciones. Si en el camino nos detiene la policía, dejen que los guías nos arreglemos con ellos. Ustedes no se bajen si ellos, o nosotros, no les ordenamos hacerlo. Bájense únicamente en los puntos que yo les indique. ¿Entendido?

—¡Sí! —contestamos.

—Muy bien, entonces subamos.

35

Abordamos el autobús y, como había dicho Moisés, ya traía pasajeros que ocupaban los asientos de enfrente, por lo que tuvimos que acomodarnos en los del fondo. Flor de Ángel y yo fuimos los últimos en subir. Nos sentamos junto a una joven madre y su pequeña hija. Flor de Ángel de inmediato se puso a mimar a la niña. La criatura sonreía de buena gana, y eso despertó la confianza de la madre hacia nosotros.

Calculé que la joven no tendría más de dieciocho años de edad. Me recordó a ciertas muchachas de mi escuela en los Estados Unidos que eran madres a temprana edad.

—¿Qué edad tiene la niña? —preguntó Flor de Ángel.

—Recién cumplió año y medio —dijo la madre.

—Qué linda —dije yo.

—No la aguanta nadie. Le gusta jugar mucho y se va con todo el mundo. No tiene pena de nada.

—Es señal de buena salud —dijo Flor de Ángel.

—Por ella es que voy a Tijuana —nos informó la madre—. A ver si paso al Norte, a luchar para darle una vida decente. En mi pueblo no hay esperanzas de nada. Sólo hay hambre y miseria. Es un pueblo fantasma. Todos se han marchado al Norte y allí sólo han quedado niños y ancianos. Yo quiero que mi hija llegue a ser alguien. Pero si nos quedamos en el pueblo, será igual a mí de ignorante, y terminará víctima de cualquier hombre sin escrúpulos. Por eso me voy con ella.

—¿Y el padre? —pregunté.

—Se fue a trabajar al estado de Oregón desde que yo estaba embarazada. Él no conoce a su hija. Nos mandó el dinero para que nos fuéramos a Tijuana y pasáramos la frontera con un hombre que nos llevará a Oregón.

—Qué bien —dijo Flor de Ángel—. Todo está arreglado, entonces.

—Ojalá —dijo la madre—. Dicen que allá se trabaja duro pero se vive de manera decente. Y por mi hija estoy dispuesta a cualquier cosa.

El bus, mientras tanto, ya se había puesto en marcha. Moisés se acercó y dijo:

—No pasaremos por la Ciudad de México, o DF, como le dicen algunos, por dos razones. Una, para evadir a la policía de la gran ciudad. Otra, para acelerar el viaje. Por lo tanto, la ruta planeada es pasar lejos del DF sin detenernos hasta llegar a Guadalajara, lo cual nos tomará un día entero.

El viaje transcurría sin mayor dificultad. Moisés se acercaba a nosotros a conversar y luego regresaba a su asiento. Flor de Ángel y yo platicábamos "largo y tendido", como gustaba decir el abuelo, y cada vez nos conocíamos más y aumentaba nuestro cariño. En lo personal, el viaje me parecía una aventura excitante y estaba seguro de que lo mismo le parecía a ella.

Flor de Ángel ayudaba a la joven madre, cuyo nombre era Jimena, en el cuidado de la pequeña Amanda. Era obvio que las muchachas habían logrado desarrollar mucha confianza durante el largo trecho. Lo mismo Flor de Ángel con la niña, a quien incluso yo me turné para cuidar cuando ellas dormían.

Así transcurrió el trayecto por el extenso territorio mexicano. Nos detuvimos en todos los puntos indicados, donde aprovechamos para comer, ir al baño y estirar las piernas, y el motorista para llenar de gasolina el tanque del autobús.

Cuatro días después llegamos a Tijuana. Antes de bajarnos, Moisés se puso de pie y dijo:

—Quiero decirles que aquí termina mi parte del viaje. De aquí en adelante quedan en manos de otros guías, con quienes cruzarán la frontera. Ellos les indicarán todo lo que deben hacer. Sigan sus instrucciones y pronto estarán en el Norte como se les ha prometido. Aquí se alojarán en un hotel, cuatro personas por habitación, hasta que sus familiares en los Estados Unidos hayan pagado la otra mitad del costo del viaje. El que vaya pagando irá pasando. Así que cuando se comuniquen con sus parientes díganles que paguen pronto, así ustedes pasarán rápido al otro lado. Los que ya pagaron el viaje completo cruzarán la frontera mañana mismo.

Cuando ya nos habíamos acomodado, Moisés vino a la habitación que ocupábamos Jimena, su niña, Flor de Ángel y yo, y platicó un buen rato con nosotros. Nos puso al tanto de los detalles del resto del viaje y nos recomendó tener confianza en el siguiente guía, quien era un viejo amigo suyo. Luego se fue, después de abrazarnos con mucho cariño y con una gran sonrisa en su rostro.

—Los cerdos me están esperando en casa —dijo, y se marchó.

36

—¿**C**uándo van a cruzar la frontera ustedes? —nos preguntó Jimena con Amanda en sus brazos.

—Mañana mismo —le contesté—. ¿Y usted?

—Tan pronto como pague mi esposo.

—Qué bien.

Jimena salió con su hija hacia la oficina del hotel donde se tramitaban los detalles del paso por la frontera. Al rato regresó llorando.

—¿Qué pasa? —le preguntó Flor de Ángel—. ¿Le sucede algo malo a Amanda?

—¡No nos quieren pasar! —dijo desesperada.

—¿Por qué no? ¿Su esposo no ha pagado? —le pregunté.

—Ningún guía se quiere hacer cargo de mí y la niña. Dicen que pasar una criatura requiere mucho riesgo. Por eso nadie nos acepta.

Jimena lloraba, mientras que Amanda, al ver a su mamá llorar, hacía lo mismo. Jimena seguía lamentándose:

—Yo no quiero regresar a mi pueblo. Debo cruzar la frontera de cualquier manera para unirme a mi esposo. Él nos espera en Oregón.

Fui a la oficina y hablé con el guía de mi grupo.

—Yo no le puedo ayudar a la señora —dijo—. Ella va para Oregón y yo no conozco esa ruta. Yo sólo llevo gente a Los Ángeles, Houston y Washington, DC.

—¿Por qué no le ayuda y la pasa con nosotros mañana? —supliqué.

—Es que no sólo se trata de que ella cruce la frontera. Después hay que llevarla a Oregón, y ahí está el problema, porque son otros guías los que cubren esa ruta. No es mi territorio. Lo recomendable es que ella consiga un guía que esté dispuesto a pasarla y llevarla a Oregón.

Volví al cuarto y le expliqué la situación a Jimena, lo cual la desesperó aún más, pues ella no conocía a nadie en Tijuana que le pudiera ayudar.

El guía de nuestro grupo anunció que al día siguiente estaría todo listo para que pasáramos la frontera. Le dijimos que habíamos decidido no irnos con él y esperar por alguien que se hiciera cargo de Jimena y su hija.

—No saben en qué problema se están metiendo —dijo el guía—. Ningún coyote inteligente se va a hacer cargo de pasar a una mujer con una criatura.

—Buscaremos uno —dijo Flor de Ángel—. Dicen que aquí en Tijuana se encuentra de todo.

La mañana siguiente el guía organizó su grupo para salir. Antes de marcharse me entregó un papel con un nombre y un número de teléfono.

—Creo que este hombre les puede ayudar —dijo—. Que conste, yo no lo conozco ni sé si hace buen trabajo. Sólo sé que se dedica a casos de alto riesgo como pasar ancianos, niños y criminales. Les doy el dato sólo porque ustedes son amigos de Moisés, y él es mi amigo. Buena suerte y tengan mucho cuidado. Recuerden, no se confíen de nadie. Estén siempre preparados para cualquier sorpresa o peligro.

Luego se dirigió a Flor de Ángel:

—Sobre todo usted que es una muchacha joven y muy bonita. Cuídese mucho que los coyotes la pueden violar en la frontera. Si hubiera pasado conmigo iría bien protegida. Pero ustedes han decidido cambiar los planes, y por proteger a esa muchacha y a su hija están poniendo en peligro su propia vida. Que Dios los acompañe.

El hombre era honesto y nos devolvió la parte del dinero correspondiente al costo del cruce de la frontera y la transportación a nuestro destino final en los Estados Unidos, para que le pagáramos a otro guía.

El grupo se marchó, dejándonos completamente solos. De pronto comprendí la seriedad de las palabras del hombre. Decidí proceder con mucho cuidado de ahí en adelante, pero sin demostrar mi preocupación a Flor de Ángel para no afligirla.

Sin esperar mucho fui a la oficina y llamé al número indicado. Contestó un hombre y le expliqué el caso. Dijo que vendría al hotel en una hora, lo cual hizo, y se reunió con nosotros en la habitación.

El coyote tenía aspecto de maleante. Era desconfiado y tampoco inspiraba la mínima confianza, pero era la única opción que nos quedaba si queríamos ayudar a Jimena a pasar la frontera con Amanda.

El hombre hablaba de modo directo y con pocas palabras.

—Yo no paso gente por Tijuana —dijo—. Sólo por Arizona porque es menos vigilado. Pero primero hay que resolver el asunto del dinero.

Yo le entregué lo que recibí del amigo de Moisés, para cubrir la parte de Flor de Ángel y la mía. El hombre tomó el fajo de billetes y los contó. Sonrió de una forma extraña y preguntó a Jimena:

—¿Quién paga por usted y la niña?

—Mi esposo.

—¿Dónde está él?

—En Oregón.

—Necesito su nombre y su número de teléfono. Si él paga hoy a mis contactos en Estados Unidos, saldremos mañana. Así que estén listos para salir.

Jimena le dio la información al hombre y éste, sin más explicaciones, salió de la habitación. Jimena estaba contenta, alzó a la hija en sus brazos y le dijo:

—Ya pronto estaremos con su papi.

Amanda sonrió.

37

Temprano por la mañana del día siguiente, el coyote tocó la puerta de nuestra habitación y dijo:

—Todo está arreglado. Tomen el desayuno y prepárense para salir. Los espero en la puerta en una hora.

A la hora indicada nos unimos a un grupo de nueve personas y abordamos un microbús, el que se puso en marcha de inmediato y salió a gran velocidad por las solitarias calles de las afueras de Tijuana.

El coyote nos informó:

—Vamos hacia Caborca, Sonora. Allá tomaremos otro bus directo a la frontera de Arizona.

En Caborca compramos comida y agua. Luego recorrimos la segunda parte del viaje. La frontera de Arizona era desolada pero sobre todo caliente. Por la radio del microbús anunciaron que ese día la temperatura subiría a 110 grados Fahrenheit (43 Celsius), y se esperaba que fuera uno de los días más calientes del mes de mayo. En Caborca nos habían indicado que compráramos gorras de algodón para protegernos del sol, y suficiente agua para calmar la sed.

—Por si no lo sabían —dijo el coyote—, cruzaremos la frontera por el lado del desierto. Así que prepárense para aguantar un poco de sol.

El vehículo se detuvo y bajamos. El sol era fuerte y el

calor tan candente que tuve la impresión de que entrábamos en un horno.

—Aquí nos vamos a cocinar vivos —dijo Flor de Ángel.

Jimena se preocupó por Amanda y cubrió su cabecita con una gorra. La criatura empezó a llorar pero ella la apaciguó dándole de beber un poco de agua.

El coyote reunió al grupo y dijo:

—Ésta es la frontera. Allá es Arizona. Iremos recto hacia un pueblo llamado Sells. Allí nos recogerá un bus que nos llevará a Tucson. Síganme y recuerden: no se desvíen. Tampoco se queden atrás porque se van a perder.

El guía empezó a caminar en el desierto y lo seguimos. El calor era tan intenso que aún después de recorrer una milla, mi cuerpo no se ajustaba a la temperatura. Para ahorrar el agua, sólo tomábamos pequeños sorbos, lo necesario para calmar un poco la sed. Pero la niña no resistía el calor y lloraba mientras Jimena y Flor de Ángel la consolaban como podían.

Al cabo de caminar varias millas, nos detuvimos bajo la sombra de un pequeño árbol que más bien parecía arbusto. El guía y el resto del grupo no se veían y creíamos que iban adelante.

—Apuremos el paso —dijo Flor de Ángel—. De lo contrario nos dejarán atrás y corremos el peligro de perdernos.

—No me siento bien —se quejó Jimena—. Se me está nublando la vista y siento náuseas.

Tomé a Amanda en mis brazos y Flor de Ángel asistió a Jimena, quien empezó a vomitar.

—Vamos —insistía yo, al tiempo que trataba de descubrir el paradero de los otros en la distancia. Lo único que veía era cielo y desierto, iluminados por los fuertes rayos del sol que para entonces me quemaban la piel como llamas de fuego.

Tuve la oscura sensación de que nos habían dejado atrás. Pero pensé que si caminábamos sin desviarnos llegaríamos al pueblo donde nos estarían esperando.

Jimena se quejaba y andaba despacio, ayudada por Flor de Ángel, quien a pesar del calor, la sed y el cansancio no perdía el ánimo. Amanda dormía sin moverse en mis brazos.

Calculé que habíamos recorrido entre diez y quince millas. Para entonces la salud de Jimena había empeorado y ella se negaba a seguir. Habíamos consumido casi todo el agua. Sólo quedaba una tercera parte de la botella de la niña, quien no despertaba. Yo asumí que ella había caído en un pesado sueño.

En el camino encontramos a un miembro del grupo tirado en una posa de agua sucia, muerto. En su desesperación se había desnudado. Recordé que el guía nos había recomendado no tomar el agua de aquellas posas porque estaba contaminada, pues allí llegaban reptiles venenosos que empujados por la sed bebían mucho y morían ahogados.

Al paso encontramos un arbusto y nos recostamos bajo su sombra. Yo me recosté sin soltar a la pequeña Amanda. Jimena, sentada a un lado de Flor de Ángel, para entonces estaba agotada y sólo decía "Agua . . . agua". Parecía que agonizaba, y en un momento en que recobró el sentido, dijo con voz moribunda:

—Prométanme que cuidarán . . . a mi hija . . . Prométanme por Dios Santo.

Flor de Ángel murmuró:

—Se lo prometo.

—Usted también . . . señor —me pidió Jimena.

—Sí, lo prometo.

—Ahora puedo morir . . . tranquila —dijo.

El sol me hería la piel y la sed era abrumadora. Sentía que me abrazaba un fuego intenso. Flor de Ángel extendió una mano hacia mí. Yo la estreché con una de mis manos y con la otra sostuve contra mi pecho a la pequeña Amanda. Sentí de pronto como si mi cerebro se desconectara del resto de mi cuerpo, y todo fue oscuridad, paz y silencio . . .

En la distancia vi una figura blanca que se acercaba. Era el abuelo que traía agua abundante. Refrescó nuestros rostros con ella y nos dio de beber pequeños sorbos. Él tomó en sus brazos a la niña y le dio un beso en la frente. La sombra que proyectaba la figura del abuelo nos protegía del ardiente sol . . .

38

Cuando desperté me encontraba recostado en una cama. Me sentía bastante débil, con un enorme dolor de cabeza y una tremenda sed. Uno de mis brazos estaba lleno de alambres conectados a una máquina y a una botella de un líquido claro. A mi derecha se hallaba Flor de Ángel en la misma situación, aún dormida. A mi izquierda, en una cuna, estaba la pequeña Amanda.

Se acercó una enfermera y dijo:

—Al fin despertaste.

—¿Dónde estoy? —pregunté.

—En un hospital de Arizona, Estados Unidos. Tú eres el segundo que recobra el sentido. La primera fue la niña.

Flor de Ángel abrió los ojos y lanzó una queja. Luego dijo:

—¡Sergio! ¡Sergio!

—Aquí estoy —dije.

Ella volvió la mirada hacia mí como para hablar, pero la enfermera intervino:

—Descansen. Necesitan reponerse. Llegaron aquí hace doce horas, inconscientes, y casi deshidratados.

Flor de Ángel preguntó:

—¿Y la niña? ¿Dónde está la niña?

La enfermera levantó a Amanda de la cuna.

—Ella está en perfectas condiciones. Con mucha hambre, eso es todo.

—¿Y Jimena? —pregunté.

—Los otros están en la siguiente sala.

—¿Cómo llegamos aquí? —quiso saber Flor de Ángel.

—Los encontraron en el desierto de puro milagro —explicó la enfermera—. El reporte de los patrulleros de la frontera dice que los hallaron tirados bajo un arbusto y los trajeron de inmediato al hospital en un helicóptero. Encontraron a doce adultos y una niña. Dos hombres y una mujer ya habían muerto.

Vino a la sala un oficial y, después de una corta inspección, le dijo a la enfermera en inglés:

—Dígales que permanecerán aquí unos días hasta que se repongan, y que después los entregaremos a Migración.

Le dije al oficial que yo hablaba inglés y que le agradecía que nos hubieran salvado la vida.

—¿Cómo es que tú hablas inglés tan bien? —preguntó la enfermera.

—Es que yo vine a los Estados Unidos cuando tenía seis años.

—¿Qué edad tienes? —preguntó el oficial.

—Dieciséis años.

—Y tus padres, ¿dónde están? —me interrogó.

—En Los Ángeles.

—¿Eres indocumentado?

—No, soy residente. Mis padres son ciudadanos de este país.

—¿Y qué diablos hacías en el desierto exponiendo tu vida? —preguntó, enojado.

—Es una historia bastante larga —respondí.

—Está bien —dijo el oficial—. Cuando el doctor les

autorice la salida del hospital veremos qué dice Migración. El oficial y la enfermera se alejaron. Le expliqué todo a Flor de Ángel.

—¿Me van a deportar? —preguntó ella.

—No sé. Ojalá que no.

—¿Y qué va a suceder con Jimena y con Amanda?

—Tampoco lo sé. Lo importante es que estamos vivos.

Flor de Ángel cerró los ojos y se durmió. La pequeña Amanda jugueteaba en la cuna. Otro milagro había sucedido en mi vida y me había salvado de morir en el desierto. Entonces recordé el sueño en que el abuelo nos rescataba, y pensé que quizá había sido realidad.

—Muchas gracias, abuelo, por proteger a tu nieto, y por darle tanto amor —murmuré.

39

Cuando ya me sentía mejor me comuniqué con mis padres y con la trabajadora social de la escuela Belmont. Como era de esperar, mi padre estaba furioso y frustrado por todos los problemas en que me había metido. Mi madre estaba contenta de que había salido con vida de aquel viaje tan peligroso. La trabajadora social no podía creer todo lo que me había sucedido, y confirmó que estaba siempre dispuesta a ayudarme en lo que le fuera posible.

Un agente de Migración vino al hospital a explicarnos la situación de nuestros casos. El más complicado era el de la pequeña Amanda. Jimena, su madre, había muerto en el desierto y no había quién se hiciera cargo de ella. En eso recordé que Jimena nos había dado el nombre y el número de teléfono de su esposo en Oregon. Lo llamé y lo puse al tanto de lo sucedido. Lloró como un niño y dijo que de inmediato viajaría a Arizona a recoger a Amanda.

Dos días después, el papá de Amanda llegó al hospital. Reconoció el cuerpo de su esposa y dio toda la información que requería Migración y la policía de la frontera. El hombre estaba muy triste y se sentía derrotado. Su sueño había sido empezar una vida nueva con su mujer y su hija en los Estados Unidos, pero la realidad le había quitado a una de ellas. Sin embargo, la pequeña Amanda estaba tan llena de vida y sonreía tanto que inspiró al padre a seguir luchando.

El hombre decidió enterrar a Jimena en su tierra y encargar el cuidado de la chiquilla a sus abuelos. Él regresaría a Oregon a trabajar duro para darle a su hija una buena vida, en memoria de Jimena.

El caso de Flor de Ángel no era tan complicado. Con la ayuda de una organización de la comunidad de Arizona se consiguió evitar que fuera deportada, y que saliera bajo una fianza mínima por seis meses, tiempo en que se buscaría la forma de que ella se quedara legalmente en los Estados Unidos.

Mi caso era el menos complicado porque yo tenía residencia legal y permanente en los Estados Unidos. Recibí una seria reprimenda de parte de la policía de la frontera y del juez de Migración por haber entrado ilegalmente en el territorio norteamericano. Prometí nunca más hacerlo.

El resto de los sobrevivientes fueron deportados a su tierra de origen, a excepción de tres de ellos que solicitaron asilo político con la asistencia de la misma organización que ayudó a Flor de Ángel.

Así fue cómo una mañana Flor de Ángel y yo salimos del hospital rumbo al aeropuerto a tomar el avión que nos llevó a Los Ángeles, a casa de mis padres.

40

Flor de Ángel se unió a nuestra familia como hija adoptiva y supo ganarse la simpatía de mis padres y de mis amigos. Lo que agradó muchísimo a mi padre fue que, con la ayuda de Flor de Ángel, pudimos extender el trabajo nocturno de limpieza a un edificio más grande, lo cual nos producía más ganancias. Ella se adaptó a la vida de los Estados Unidos y aprendió inglés pronto; también asistía a la escuela Belmont, y los dos pensábamos continuar nuestros estudios en la universidad.

Flor de Ángel y yo nos comportábamos como grandes amigos, pero nos habíamos prometido amor para siempre. Ella era la muchacha más inteligente, linda y maravillosa que había conocido. No se dejaba deslumbrar por las cosas materiales de este país como lo hacían muchos jóvenes que conocía. Eso para mí era importante porque, como decía una canción que el abuelo gustaba cantar: "El dinero no es la vida, es tan sólo vanidad". Él decía que había cosas más importantes, como el amor, la paz y la amistad, y que eso no se compraba con el dinero.

Algún día, después de que Flor de Ángel y yo nos graduáramos de la universidad, nos casaríamos e iniciaríamos nuestra propia familia. Ése era nuestro sueño. Estaba seguro de que el abuelo nos ayudaría a realizarlo. Él siempre me había colmado de bendiciones, y sabía que nunca me iba a defraudar. Porque, vivo o muerto, él era un gran abuelo.

41

Tiempo después, cuando Flor de Ángel y yo nos habíamos recuperado totalmente del viaje y nuestras vidas se habían normalizado, la trabajadora social me pidió que le contara con lujo de detalles las peripecias de mi aventura. Tanto le impresionó, que comentó:

—Se me ocurre que de alguna manera tu historia debería ser relatada a los estudiantes y a los profesores de Belmont High. Incluso a los de otras escuelas, con el fin de que conozcan más de cerca las condiciones de miseria en que vive la gente en otros países, lo cual les obliga a dejar su tierra y emigrar a los Estados Unidos, así como las grandes dificultades que esta gente atraviesa para llegar a este país.

La amable trabajadora social continuó:

—Creo que este relato ayudaría a la comunidad latina a conocer más sobre su historia, y a la comunidad en general a comprender un poco más la realidad de los inmigrantes. Sobre todo la realidad tan difícil de los jóvenes, sus esfuerzos por integrarse a esta cultura, sus ideales por realizar sus sueños de una vida mejor. Con tu historia se captarían los aspectos positivos de esta comunidad y sus aportaciones al desarrollo de este país.

Le comenté a la trabajadora social que en la escuela a veces había cierta tensión entre estudiantes recién emigrados y estudiantes que emigraron hace mucho tiempo, o que nacieron en este país de padres inmigrantes.

—Comprendo —dijo ella—. Y tal vez esta historia también ayude a crear armonía entre estos jóvenes quienes, a veces por los conflictos propios de la juventud, sienten vergüenza de sus raíces y de su lengua, o de su situación de inmigrantes en este país.

—Puede ser —dije.

La trabajadora social agregó:

—Incluso, tengo fe en que esta historia ayudaría a la juventud latina a esclarecer sus problemas de identidad y a mejorar su autoestima. También creo que despertaría el interés de los jóvenes en la lectura, en lo que son deficientes debido a que no existen muchos libros atractivos para ellos que reflejen su propia realidad, con personajes con los cuales ellos se puedan identificar.

Así, con la ayuda y el entusiasmo de la trabajadora social, y de varios profesores y alumnos de la escuela Belmont High, logramos recopilar esta historia que optamos por llamar "Viaje a la tierra del abuelo", la cual usted, estimado lector, acaba de leer, y espero que haya sido de su agrado. Muchas gracias. Sergio.

Sobre el autor

Mario Bencastro nació en Ahuachapán, El Salvador en 1949. Su primera novela, *Disparo en la catedral,* fue finalista entre 204 novelas del Premio Literario Internacional Novedades-Diana, México 1989, y fue publicada por Editorial Diana en 1990.

En 1993 se publicó en El Salvador su libro de cuentos *Árbol de la vida: Historias de la guerra civil,* bajo la dirección de Editorial Clásicos Roxsil. Escritos entre los años 1979 y 1990, varios de estos relatos han sido seleccionados para antologías internacionales.

"El fotógrafo de la muerte" e "Historia de payaso", fueron adaptados al teatro. Este último fue traducido al inglés para las antologías *Where Angels Glide at Dawn: New Stories from Latin America* (HaperCollings, 1990) y *Turning Point* (Nelson Canada, 1993). "El fotógrafo de la muerte" se incluye en *Texto y vida: Introducción a la literatura hispanoamericana* (Harcourt Brace Jovanovich, 1992) y en *Vistas: Voces del mundo hispánico* (Prentice Hall, 2002). "La diosa del río" es parte de *Antología 3 x 15 mundos: Cuentos salvadoreños 1962–1992* (UCA Editores, 1994). "El Jardín de Gucumatz" apareció inicialmente en *Hispanic Cultural Review* (Universidad George Mason, 1994).

La editorial norteamericana Arte Público Press ha publicado *Disparo en la catedral, A Shot in the Catedral; Árbol de la vida: Historias de la guerra civil, Tree of Life: Stories of Civil War; Odisea del norte, Odyssey to the North;* y *Viaje a la tierra del abuelo.*

Odisea del norte fue también publicada en la India en 1999 por la editorial Sanbun de Nueva Delhi.

Otras obras de Mario Bencastro

Árbol de la vida: Historias de la guerra civil
Disparo en la catedral
Odisea del norte
Odyssey to the North
A Shot in the Cathedral
Tree of Life: Stories of Civil War